PAUL AUSTER'S NEW YORK

Dans Le Livre de Poche

GÉRARD DE CORTANZE

Giuliana

L'Amour dans la ville

Assam

PAUL AUSTER

Le Carnet rouge *suivi de* L'Art de la faim

Le Diable par la queue *suivi de* Pourquoi écrire ?

L'Invention de la solitude

Léviathan

Lulu on the Bridge

Moon Palace

Mr. Vertigo

La Musique du hasard

Smoke. Brooklin Boogie

Tombouctou

Cité de verre (Trilogie new-yorkaise, 1)

Revenants (Trilogie new-yorkaise, 2)

La Chambre dérobée (Trilogie new-yorkaise, 3)

Le Voyage d'Anna Blume

GÉRARD DE CORTANZE

Paul Auster's New York

LE LIVRE DE POCHE

Première édition partielle sous le titre
Le New York de Paul Auster
(Éditions du Chêne, 1997)

Je dédie ce livre au petit garçon qui jette un penny du sixième étage de l'appartement de son enfance et le retrouve bien des années plus tard, grâce à la littérature, près de l'une des entrées du Shea Stadium…

Préface

*Presque tous les écrivains, poètes ou non, se sentent à l'écart de la vie, de la société. On marche en sens contraire. On est témoin. On regarde les choses. On ne se sent pas totalement concerné par les activités des autres.**

PAUL AUSTER.

Paul Auster dans son studio à Brooklyn.

L'astérisque placé en fin de citation indique que cette citation est issue d'entretiens personnels de Paul Auster avec l'auteur et non de textes édités.

Paul Auster et Gérard de Cortanze à Brooklyn. Juin 1996.

Je me souviens de notre rendez-vous manqué au festival du film américain de Deauville. Je me souviens aussi d'une de nos rencontres. C'était en octobre 1995. Nous étions convenus de nous voir un samedi vers dix heures. Les manifestations liées au cinquantième anniversaire des Nations unies, engorgeant le centre de Manhattan, m'avaient fait opter pour un départ matinal qui devait me permettre de ne pas arriver en retard au rendez-vous. À peine avais-je eu le temps de héler un taxi jaune et de lui indiquer, en espagnol, ma destination, que celui-ci passait déjà sous la première arche néogothique du pont de Brooklyn. Le célèbre pont suspendu me montra immédiatement que je changeais d'aire imaginaire… En enjambant l'East River, les mille quatre-vingt-onze mètres de chaussée d'acier zingué n'avaient fait que relier définitivement deux villes distinctes. J'avais une demi-heure d'avance qui me confirmait ce que je savais déjà : Brooklyn n'était pas Manhattan. Dans ma tête trottait une phrase de la *Trilogie new-yorkaise* : « La dernière fois que Bleu avait traversé le pont de Brooklyn à pied, c'était avec son père lorsqu'il était petit garçon, et ce souvenir de ce jour lui revint. Il tenait la main de son père et avançait à son côté… »

Je me souviens. Je pensais alors à l'article que j'allais écrire et qui aurait commencé ainsi : « Brooklyn, ville multiraciale où se croisent Antillais et Russes, Juifs et Italiens, Arabes et Haïtiens, a ses quartiers résidentiels : Brooklyn Heights et Park Slope. C'est dans ce dernier que vit Paul Auster, avec Siri Hustvedt, sa femme, et Sophie, leur fille – Daniel, le fils adolescent, étant parti faire des études de photographie dans le Massachusetts. Park Slope donc, longeant le très verdoyant Prospect Park, avec ses maisons victoriennes ornées de tours et de tourelles fin de siècle, de voûtes d'entrée néo-romaines, de frises de gargouilles baroques, de perrons qui les font ressembler à des palais vénitiens… »

Et je poursuivais, en évoquant le calme suranné de ce Brooklyn d'un autre temps, contrastant étrangement avec la puissante angoisse ontologique d'un auteur profondément immergé dans une œuvre que le succès phénoménal n'a en rien entamée. D'un côté, la maison, chaleureuse, ouverte, tenue par Siri, où veille Jack, un affectueux chien serpillière, qui aime humer le café moulu et qu'un journaliste étourdi rebaptisa Harold. De l'autre, un studio, une « chambre dérobée », une « chambre à soi » où écrire des « notes du souterrain », au rez-de-chaussée d'un immeuble moderne, stores métalliques baissés et appareil à air

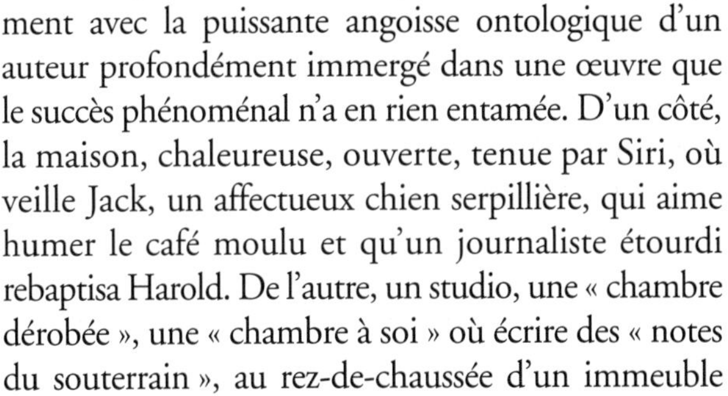

conditionné en service dont la rumeur incessante sert surtout à couper du reste du monde.

Je me souviens de cet octobre de froid et d'orage et de pluies diluviennes. La disponibilité de Paul Auster n'avait eu d'égal que sa volonté de vouloir traquer le mot juste, sa détermination féroce à cerner au plus près la pensée ou le concept qui le hantait. Paul Auster, qui a lu Pascal et Montaigne, mais aussi Shakespeare et Kafka, m'était apparu comme un homme du doute fondamental. Entre de grands éclats de rire et quelques silences, il avait parlé de la mort et de l'enfance, des femmes et du cinéma, du judaïsme et de l'amour, du base-ball et de l'Amérique, et dénoncé au passage certains tiroirs dans lesquels les observateurs presses n'hésitent pas à le ranger. Sa fragilité, séduisante, imprimait le respect. Et puis, oui, ce doute profond, cette façon d'être au-dedans de l'œuvre, de l'habiter, de ne pas dévier de sa route, d'écrire parce qu'écrire est un besoin ; il y avait eu tout cela : « L'écriture ne guérit jamais de rien. Il est impossible, ou si rarement, de trouver des réponses aux choses.* » Ce voyage, effectué pour le compte du *Magazine littéraire*, me permit d'approfondir ma connaissance de l'œuvre et de l'homme. Paul Auster non point tel qu'il devrait être mais bien tel qu'il était.

Six mois ont passé depuis cette rencontre et pourtant nous avons repris, dans le même studio de Park Slope, une discussion que la distance n'a pas coupée. Même atmosphère amicale et généreuse, même nécessité de trouver la phrase exacte, même humour, mêmes secrets jalousement gardés. Il faisait, cette fois, très chaud et l'appareil à propulser de l'air frais ronronnait toujours, le store baissé interdisait toute immixtion de l'extérieur et les Schimmelpenninck, allumés les uns après les autres, imprégnaient jusqu'aux mots qui venaient finir leur course sur la bande magnétique de l'enregistreur miniature…

« Chaque fois que j'entends les mots "New York", la première chose qui me vient à l'esprit, c'est un souvenir. Je regarde par la fenêtre de l'appartement de mes grands-parents, à l'angle de Central Park South et de Columbus Circle. La fenêtre est ouverte, et je me tiens là, un penny dans la main, sur le point de le lâcher pour le regarder tomber dans la rue. À l'époque, je n'ai sans doute pas plus de cinq ou six ans. Juste au moment où j'ouvre la main, ma grand-mère se tourne vers moi et me crie : "Ne fais pas ça ! Si ce penny touche quelqu'un, ça va lui traverser la tête d'un seul coup !" » Telle fut la réponse que Paul Auster me donna, alors que je lui demandais quel rapport il entretenait avec la ville de New York. La feuille de papier qu'il me tendait, tapuscrit qu'il devait envoyer en réponse à l'enquête du *New York Magazine*, fut le point de départ d'une discussion approfondie sur un sujet des plus vastes…

Nous tombâmes d'accord. New York était dans l'œuvre et n'y était pas – du moins n'y était pas seul. New York était central et périphérique. *Le Voyage d'Anna Blume* ne se passe pas à New York, et pourtant… *La Musique du hasard* est une traversée de l'Amérique, mais l'épisode du Plaza Hotel est fondamental. *Mr. Vertigo* évoque New York : un espoir jamais atteint. New York, c'est Manhattan et c'est

Brooklyn – mais Manhattan n'est pas Brooklyn où Paul Auster vit depuis seize ans. « Stillman avait longé les bords de la zone sans s'aventurer une seule fois au centre », lit-on dans *Cité de verre*, ou encore : « New York était le nulle part que Quinn avait construit autour de lui-même. » Où est le nulle part de Paul Auster ? Pouvait-on pousser le paradoxe jusqu'à affirmer que New York serait annexe dans une œuvre dont le titre phare est, pour l'instant, la *Trilogie new-yorkaise* ? « Je n'ai jamais considéré New York comme un élément essentiel de mon œuvre. Mais la ville existe et fait partie intégrante de mon travail.* »

Le débat était lancé. Il court tout au long de ce livre où Paul Auster ne cesse d'établir des liens entre les lieux autobiographiques et les sites archéologiques de la fiction, entre les adresses de la vie et les adresses des personnages. Évoquant la littérature on évoque la vie. Le passage de l'une à l'autre est inéluctable. Et New York est toujours présent : dans la pluie – « sa brillance modifie la vue* » –, les chauffeurs de taxi, la neige, l'Hudson River, Columbia University, les *brownstones*, Chinatown et la White Horse Tavern, l'Algonquin et la librairie BOOKS and Co. ; mais aussi dans les rêveries d'un promeneur solitaire, un certain passé éphémère de magasinier bibliothécaire, dans l'amour nostalgique que Paul Auster porte au *telephon boothe* et aux cahiers, carnets et autres calepins. Paul Auster n'est jamais hors sujet.

Il y a six mois, j'écrivais : « En se mettant à nu avec pudeur, en se dérobant parfois, Paul Auster reste un homme en quête de vérité doublé d'un jumeau écrivain à l'acuité sans faille. Allant au-delà des

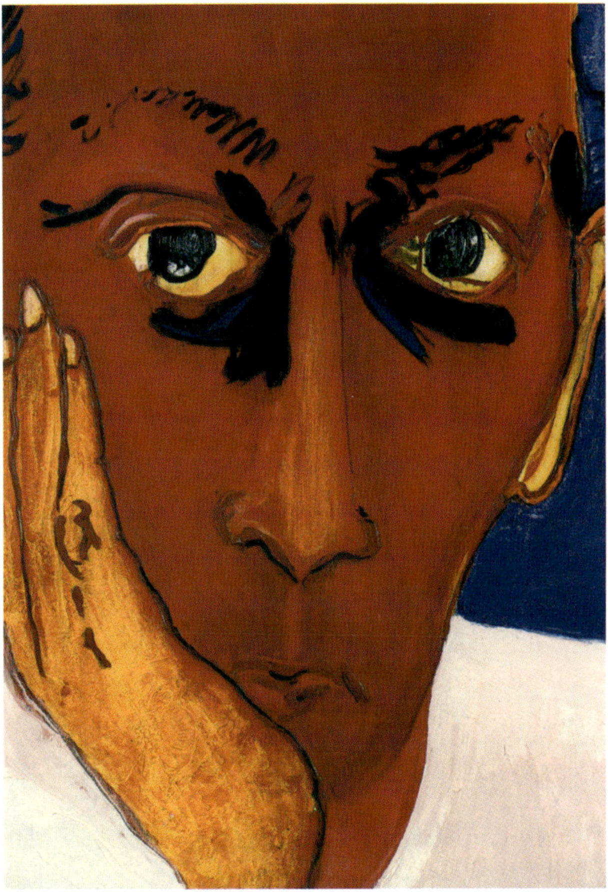

Portrait de Paul Auster (*Swift and Lean*) par Sam Messer.
Extrait du livre *Histoire de ma machine à écrire.*

apparences, il tente, sans hésiter, ce qu'on appelle au base-ball "un coup sacrifice". » Et j'ajoute à présent : un des moyens de toucher le centre de cette œuvre est d'errer dans New York, de s'imprégner de ses odeurs et de ses couleurs, de ses rythmes, de sa liberté et de ses peurs. De Lower Manhattan à Morningside

Heights, de Brooklyn à Central Park, du Village à l'Upper East Side, il faut marcher dans la ville, emboîter le pas à Quinn et découvrir l'œuvre dans la ville et la ville dans l'œuvre. Auster dit que le carnet est la maison des mots, que le carnet est dans la chambre. Mais la chambre est dans la ville et la ville est le toit des mots : « Je ne commence jamais un texte en me disant que je vais écrire sur New York.* »

Ceci n'est pas une conclusion, ne ferme aucune porte. Comme toujours, chez Auster, tout est réversible. Nous sommes toujours au bord du gouffre ; comme Ben Sachs qui tue Dimaggio, comme Anna face à l'agonie de Ferdinand, comme Fogg qui devient clochard et Quinn qui prend une autre identité. La biographie commentée qui traverse ce livre nous en dit long sur les rapports d'Auster avec sa ville, faite de villes dans la ville. Ce livre est un voyage au centre de la terre Auster, mais aussi en surface, à ras de *floor*, comme ceux effectués par ces chasseurs d'objets qui sillonnent *In the Country of Last Things*, à la recherche de vestiges du futur. Un *Auster's New York Panorama*, guide subjectif d'une métropole invisible. Une invitation à marcher, donc à penser, donc à découvrir une ville en marchant. « Ce qu'on fait en réalité, quand on marche dans une ville, c'est penser », écrit Paul Auster dans *L'Invention de la solitude*. L'errance est une nécessité et une passion : « On effectue un trajet physique, on avance pas après pas. Un circuit s'établit et, durant le trajet, des pensées surgissent, accompagnent la marche.* » Un New York littéraire donc, autobiographique, photographié, puisque la photo ne vole pas l'âme mais la révèle.

6, Varick Street

*La ville de ce "pays des choses dernières" n'est nullement une reproduction infidèle de New York. Elle est "réellement" une ville imaginaire.**

PAUL AUSTER.

Parti à la recherche, pour le compte de la Compagnie hollandaise des Indes orientales, d'« une nouvelle route vers les Indes passant par le nord », Henry Hudson, navigateur aussi britannique que fantasque, découvre en 1609 l'île de Manhattan. La tribu des Mohicans l'occupe, pour être plus précis : les Weckquaesgecks au sud, les Reckgawacks au nord. Quatre ans plus tard, trente familles venues d'Amsterdam, accompagnées de l'ingénieur civil Cryn Fredericksz, s'y installent, édifiant une enceinte fortifiée autour de laquelle viennent s'agencer, dans une anarchie relative, des rues, des maisons, ainsi qu'une succession de fermes – les *boweries*. En 1626, la même Compagnie, sorte d'État dans l'État, nomme Peter Minuit premier gouverneur général de cette petite colonie appelée désormais Nouvelle-Hollande. Promoteur immobilier avant l'heure, il achète l'île aux Algonquins pour vingt-quatre dollars de pacotille. Jerome Charyn dit de New York qu'elle est l'« unique métropole au monde surgie des bas-fonds », et, faudrait-il ajouter, du mensonge. Car la transaction est un faux. La tribu qui a vendu Manhattan ne possède pas le titre de propriété. Les Algonquins (de l'algonquin *algumakin* : « où l'on pêche au harpon »), tribu mythique s'il en est, que leurs ennemis Iroquois ont surnommés *Adirondacks*, c'est-à-dire « bouffeurs d'écorces » parce qu'ils osent s'aventurer dans le massif forestier de l'Est américain pour y chercher l'écorce de bouleau nécessaire à la construction de leurs canoës, n'ont jamais vécu sur l'île de Man-a-hat-ta. Les membres de cette grande famille linguistique (l'algonquin-wakash ne comptait pas moins de cinquante et une langues), tous très mobiles et déplaçant facilement leurs villages, vivant de pêche, de chasse et de cueillette, n'étaient là que de passage. De toute façon, comme le rappelle Paul Auster, le concept de propriété terrienne n'existe pas dans la culture indienne : « Dans la tradition indienne, la terre n'appartient à personne, la notion de propriété n'existe pas. Ce n'est pas l'homme qui décide, qui enclôt une propriété : la terre est un don des dieux.* » La grande supercherie pouvait commencer. Ainsi naquit « Nieuw Amsterdam », cité surgie de l'imagination d'hommes du Vieux Monde, comme l'avait été l'Hispaniola de Christophe Colomb : sous le signe du négoce et de l'argent.

Plusieurs siècles passèrent. New Amsterdam, qui était devenue anglaise et s'appelait désormais New York, fut rapidement une ville d'immigrants. Aux Anglais succédèrent les Irlandais et les Allemands. Puis les Italiens et les Hongrois, les Polonais, les Grecs, les Juifs russes. Une ancienne salle d'opéra (Castle Garden) fut convertie en centre d'accueil. On construisit un parc de triage sur Ellis Island, « l'île des larmes », qui accueillit, pour la seule année 1900, plus de un million d'âmes et, entre 1892 et 1954, dix-sept millions d'immigrants ! Cette étrange construction art nouveau, dont le modèle fut, dit-on, la gare Montparnasse, est un lieu aujourd'hui consacré à la mémoire de la naissance de cette Amérique nouvelle. Lieu restauré que l'on visite : dortoir des femmes et dortoir des hommes, hall principal avec ses barrières métalliques devenues bancs de bois, salles d'examen médical, salle des bagages. Un guide touristique signale en légende d'une photo où l'on voit, massés sur le pont d'un navire, ceux qui, venant de Grèce ou de Russie, ont survécu à la traversée : « À l'approche d'Ellis Island, les passagers anxieux se réunissaient sur les ponts. » L'adjectif « anxieux » est déplacé, inopportun. Aujourd'hui encore, simple visiteur, la vue du ponton vous serre la gorge. Une angoisse tenace vous étreint. Qui ne vous lâchera plus de tout votre séjour à New York. Cette immigration-là a cent ans à peine, elle est encore présente dans les yeux des générations qui lui ont succédé. Mon grand-père italien me racontait Turin d'avant 1900, celui de l'Unité italienne encore fraîche, des collines couvertes

Ellis Island, le dépôt des émigrants. Pour Paul Auster, l'émigré venait aux États-Unis avec le désir puissant d'oublier le passé. Entre 1892 et 1954, il y en eut dix-sept millions.

de vignes, des *gianduiotti*, de *La Gazetta del Popolo* et de l'implantation des premières usines automobiles. Il avait dû choisir l'exil : Nice, Marseille et Paris. Il aurait dû partir pour les Amériques. Il aurait pu me raconter New York, Nuova York. Un jour, il

me donna un billet de un dollar, vert, singulier et froissé, si petit comparé aux billets de banque français d'alors… Nuova York. Il lui venait d'un ami qui le lui avait envoyé… de Nuova York. Après bien des années, j'aurais pu aujourd'hui lui « rendre la monnaie de sa pièce », lui raconter à mon tour la vie à *Frog and Toe* (littéralement :

« Grenouille et Orteil ») – surnom de New York donné par les gangs des années vingt. Je me contente de lui dédier ce livre, à lui qui n'alla jamais « en Amérique ».

En 1890 parut *Comment vit l'autre moitié*, ouvrage du photographe et écrivain Jacob Riis. L'immigration y est racontée : désespoir et pauvreté, honte, humiliation. Tristesse et peur que l'on retrouve dans les images d'Alfred Stieglitz et dans celles d'autres photographes, pour la plupart anonymes : jeune femme dénudée qu'on ausculte, enfant examiné sans ménagement, entreponts grouillants, visages émaciés et tant de regards, tous ces regards. Qui vous poursuivent à jamais et qui vous accompagnent dans les rues de Manhattan. Regards des nouveaux immigrants : Coréens, Cambodgiens, Antillais, Philippins, Haïtiens, Albanais, Roumains. Trente pour cent des habitants de New York aujourd'hui sont nés à l'étranger et on compte environ cent mille nouveaux arrivants par an. C'est un fait, le melting-pot a été remplacé par le *salad bowl* : cette immigration-là ne se confond plus, elle se juxtapose.

Henry James, observateur de son temps, effondré après vingt ans d'absence par le nouveau visage de New York – il retourna en Amérique en 1904 –, écrit, dans *La Scène américaine*, au sujet de la « terrible petite Ellis Island » : « Devant cette porte (officielle), qui ne s'ouvre à eux qu'avec une centaine de formes et de cérémonies, de grincements et de grognements de clef, ils se tiennent en supplique et en attente, rassemblés, attroupés, divisés, subdivisés, triés, tamisés, fouillés, désinfectés, pour de longues ou de courtes périodes – processus prodigieux, nourrissage intentionnellement “scientifique” du moulin, dont l’effet est de nouveau de donner à l’observateur sérieux, par milliers, plus de sujets de réflexion qu’il ne peut prétendre en détailler. »

D’où vient Paul Auster ? Comme nombre d’Américains, de l’immigration. De cet ailleurs bizarre, de ce fardeau de pauvreté et de richesse, de cet avant généalogique géographique qui se perd très vite dans la brume de l’ignorance. On veut savoir tout en sachant qu’il n’y aura pas de réponse, que certains arbres généalogiques ont vu leurs rameaux sectionnés. Met-on toute une vie à tenter de retrouver ce passé nébuleux ? Écrit-on pour renouer un contact perdu ? D’où vient Paul Auster ? Du judaïsme : « C’est tout ce que je suis. C’est d’où je sors. Mais je n’éprouve aucune urgence à écrire sur ce sujet.* » Et encore : d’où vient Paul Auster ? Du côté du père, des grands-parents d’Europe centrale, de Stanislav, en Galicie. Du côté de la mère, une grand-mère née à Minsk et un grand-père juif polonais arrivé à Toronto alors qu’il était enfant. Toute écriture n’a-t-elle pas pour principe une recherche généalogique ? La question n’est-elle pas toujours un peu la même : d’où je viens, moi, qui écris ? *Moon Palace* est une histoire de familles et de générations, une sorte de roman à la David Copperfield… Ce qui intéresse Paul Auster, plus que la question des origines, c’est celle de la famille, de la recherche d’une parenté plus immédiate : « Les parents, les grands-parents… Je ne peux pas remonter plus loin… Parmi les immigrants venus aux États-

Paul Auster découvre la statue de la Liberté au cours de l'été 1953, en compagnie de sa mère ; celle-ci est alors prise d'une effroyable crise de vertige. Cette visite sera racontée dans *Léviathan* par Mrs. Sachs. Son fils, Benjy, s'emploiera par la suite à faire exploser des répliques de la statue.

Unis, il y avait un grand désir de faire table rase. Mon grand-père maternel a vécu, enfant, au Canada. Tous les autres sont arrivés par Ellis Island.* »

S'il est une image liée à l'Amérique de l'immigration, aux raisons qui souvent ont motivé le grand voyage, c'est bien celle de la statue de la Liberté. Souvenez-vous des premières phrases et des

premiers mots du roman de Kafka, *L'Amérique* : « Lorsque, à seize ans, le jeune Karl Rossmann, que ses pauvres parents envoyaient en exil parce qu'une bonne l'avait séduit et rendu père, entra dans le port de New York sur le bateau déjà plus lent, la statue de la Liberté, qu'il observait depuis longtemps, lui apparut dans un sursaut de lumière. On eût dit que le bras qui brandissait l'épée s'était levé à l'instant même, et l'air libre soufflait autour de ce grand corps. » Et

Kafka d'ajouter : « "Qu'elle est haute !", se disait-il », tandis qu'une foule sans cesse croissante de porteurs repoussait Karl Rossmann jusqu'au bordage.

Pietro Citati, dans le livre fondamental qu'il consacre à l'énigmatique promeneur praguois (*Kafka*, « L'Arpenteur », Gallimard, 1989), rappelle combien le regard que Karl Rossmann jette sur la statue est troublant. Chassé par son père, précipité dans un pays inconnu, « un pays d'insomnie et de tourbillon », projeté dans un désert de solitude et d'incertitude, lui le tendre émerveillé, l'adolescent n'ayant pas encore entamé sa confiance enfantine dans l'existence, ne voit pas la fameuse torche dorée (remplacée depuis 1986 par une réplique plaquée or), mais une épée. La statue en cuivre et barres d'acier de Frédéric-Auguste Bartholdi ne brandit pas un flambeau à l'adresse des « peuples fatigués, pauvres et opprimés qui aspirent à la liberté » – comme l'assure le poème d'Emma Lazarus gravé sur son socle –, mais une épée flamboyante, celle qui, selon la Genèse, arme les chérubins : « Et l'éternel Dieu le chassa du jardin d'Éden, pour qu'il cultivât la terre d'où il avait été pris. C'est ainsi qu'il chassa Adam ; et il mit à l'orient du jardin d'Éden les chérubins qui agitent une épée flamboyante pour garder le chemin de l'arbre de vie » (Gn 3, 24). Citati en conclut que Karl Rossmann parcourt en sens inverse le chemin d'Adam, qu'il traverse l'océan pour retourner dans l'Éden, mais que rien n'a changé : « Le vieil ange est toujours là, brandissant son épée. » Pourtant, le vieil ange le laisse entrer : pour lui permettre de retrouver l'arbre de vie, ou afin de mieux le dévorer ?

Sans aller jusqu'à faire de Paul Auster un autre Karl Rossmann, il est troublant de noter que le premier contact de ce dernier avec l'Amérique a lieu sous le signe du vertige, sur le balcon de l'appartement de son oncle. Contemplant la circulation au-dessous de lui, il est comme ébloui, malade du regard face à ce tournoiement de bruits et de lumières – une impression qui ne fait que redoubler l'étrange sensation que lui procura la rencontre avec la statue de la Liberté. Paul Auster a découvert la statue de la Liberté au cours de l'été 1953, lors d'une excursion mémorable avec sa mère à Bedloe's Island – qu'il faut désormais appeler Liberty Island. Il garde de cette journée un souvenir qui interprète la statue, au même titre que purent le faire certains peintres tels Zoe Zenghelis dans *New Welfare Island*, où l'on voit des maîtres-nageurs atteindre leur destination en lui tournant le dos, ou Eward Moran peignant *L'Inauguration de la statue de la Liberté éclairant le monde*, avant qu'elle ne soit célébrée… C'est Benjamin Sachs qui, dans *Léviathan*, reprend à son compte le récit autobiographique de Paul Auster. Alors que Fanny, Peter Aaron et Ben Sachs sont réunis chez sa mère, « émettant quelques réflexions superficielles sur les symboles nationaux », cette dernière évoque sa visite de la statue de la Liberté dans les années cinquante avec le petit Ben qui n'avait « pas plus de six ou sept ans ». Bien que la mère eût mis en garde son fils et lui eût rappelé que « visiter la statue de la Liberté, ce n'est pas comme jouer dans le jardin », qu'elle est le symbole de l'Amérique et qu'il faut donc lui témoigner du

Paul Auster à l'âge de la mémorable visite à Bedloe's Island.
Il n'y est jamais retourné depuis...

respect, la visite tourna court. La mère, prise de vertige, comme Karl Rossmann sur son balcon, et par peur de se retrouver « précipitée, d'une seconde à l'autre, jusqu'en bas la tête la première », inventa un jeu pour redescendre « sur les fesses, une marche à la fois », l'escalier qui la reconduisit, elle et sa petite troupe bruyante, de la couronne (qu'on pouvait, à l'époque, visiter) à l'entrée.

Sachs, « le fantôme de la Liberté », tire de cette aventure sa première leçon de théorie politique, qui le conduira à faire sauter quelques-unes des cent trente répliques en modèle réduit d'une statue dont le visage était celui de la propre mère du sculpteur Bartholdi : « J'ai appris que la vérité peut être dangereuse. Si vous ne faites pas attention, elle peut vous tuer » (*Léviathan*). Paul Auster, qui n'est pas Ben Sachs, ne s'embarrasse guère de symboles, et les quatre-vingt-treize mètres de la statue restent avant tout un souvenir d'enfance : « Le récit qui en est fait dans *Léviathan* constitue très exactement ce que je pourrais appeler une “histoire vraie”. J’avais six ans à l’époque. Je ne suis jamais retourné à Liberty Island depuis. Mon principal souvenir reste cette descente sur les fesses, une marche à la fois ; avec ma mère prise soudain de vertige.* »

Les références à la statue de la Liberté ne constituent pas un des leitmotive de notre auteur. Si l’on excepte la fixation propre à Ben Sachs, le seul rappel important reste, dans *Moon Palace*, ce que nous pourrions appeler la dernière pérégrination d’Effing. Partis de leur appartement de la West End Avenue à la hauteur de la 84e rue, Mme Hume, Charles (le frère d’Effing), Kitty et Fogg, avec sur ses genoux l’urne contenant les cendres d’Effing, prennent un taxi qui emprunte le West Side Highway jusqu’à la station des ferries en partance pour Staten Island, reliée au « continent » depuis 1810 et qui possède, aujourd’hui, dans sa partie ouest, une des plus grandes décharges d’ordures ménagères du monde : mille quatre cents hectares sur une hauteur atteignant, en certains endroits, l’équivalent d’un immeuble de trente étages ! À un peu plus de la moitié du trajet, avec la statue de la Liberté visible à droite, le petit groupe éparpille les cendres « au-dessus des eaux du port de New York ».

Ces dernières volontés sont un peu comme une clef qui nous ouvre les portes de New York. C’est ici que le New York de Paul Auster commence, dans l’eau. Un peu comme le dernier contact d’Effing avec sa ville. Un contact qu’il souhaita « sans service funèbre, sans enterrement, sans représentant d’aucune religion ». Effing voulait une cérémonie qui fût simple, Auster ne veut aucune cérémonie. La statue, qui n'a ni flambeau ni épée, est redescendue sur les fesses et les seuls spectateurs de cette arrivée « en douce » sont, comme pour Effing, « des mouettes plus nombreuses que des passagers ». Quant à « la vision du grand visage de New York » dont parle Henry James dans *New York revisité* – « L'étendue, l'aise, l'énergie, la quantité et le nombre, toutes notes éparpillées comme si, dans toute l'affaire et dans la lumière splendide, la nature et la science s'ébattaient joyeusement ensemble, et avaient pu se parer de nouveau du symbole de la présence collective des grands oiseaux » –, elle est ici ramenée au niveau de la mer, dans ce Lower Manhattan hérissé, vu de l'eau, de gigantesques gratte-ciel. De gauche à droite : World Financial Center, World Trade Center, Athletic Club, Barclay Bank Building, Morgan Bank, Chase Manhattan Bank, etc. C'est dans ce dédale de rues, qui ne s'ouvrira véritablement au quadrillage new-yorkais qu'une fois dépassée Houston Street (East Village, Greenwich Village), que se situe un premier axe austérien très éloigné de l'activité principale du quartier : la finance. Ce Lower Manhattan est un lieu de passage, comme s'il fallait fuir, en se dirigeant plutôt vers le haut, le bras désarmé de la statue de cuivre. Dans *Moon Palace*, Fogg se présente à Whitehall Street pour y accomplir ses formalités militaires et retourne dans le quartier, bien des années plus tard, alors que, ayant hérité de sept mille dollars et voyant ses jours s'écouler dans une splendide indolence, il erre dans les rues du vieux quartier financier. Il lit des livres, s'est remis à fumer, et tient un journal qui donne naissance à de petits textes.

Une fois encore, la biographie vient au secours de la topographie ou, plus exactement, s'y inscrit. Dans l'ancien quartier industrieux de SoHo (South of Houston), au style Greek Revival, mais plus encore dans celui de TriBeCa, Paul Auster a vécu des moments cruciaux pour sa vie et pour son écriture. Ainsi, 1978 est-elle une année très éprouvante pour lui. Son mariage avec la traductrice Lydia Davis se désintègre, l'écriture devient un exercice si difficile qu'il décide de renoncer à la poésie. De plus, l'argent commence à manquer… Paul Auster invente un jeu de cartes qui ne connaît aucun succès (il constituera un des « chapitres » de *Le Diable par la queue* dont le thème central est l'argent), et son roman policier, écrit sous pseudonyme, reste dans ses tiroirs. C'est dans ce contexte dramatique que son jeune fils Daniel fait ses premiers pas. À l'aube de l'année 1979, Paul Auster se sépare de sa femme et prend, au numéro 6 de la rue Varick, une chambre dans un immeuble de brique rouge que nous retrouverons à maintes reprises dans son œuvre.

Dans *L'Invention de la solitude* (*cf.* la deuxième partie intitulée « Le Livre de la mémoire »), l'auteur y fait référence plusieurs fois. Il y indique qu'il y a emménagé au début du printemps et que « pendant quelques mois, il a fait la navette entre sa chambre et la maison dans le comté de Dutchess où sa femme et lui avaient habité les trois dernières années ». Il rappelle également cette veille de Noël 1979 où, « seul dans sa petite chambre au 6, Varick Street », il regarde, par la lucarne, les nuages dériver dans le ciel de Manhattan, le flot de voitures se précipiter vers le Holland Tunnel en direction du New Jersey, sa vie s'écouler, depuis neuf mois, dans cet endroit initialement destiné à « des machines, des crachoirs et de la sueur ». Une dernière fois enfin, il répète de manière définitive et claire : « Et il lui apparaît que tout ce qu'il s'efforce de consigner dans "Le Livre de la mémoire", tout ce qu'il a écrit jusqu'ici, n'est rien d'autre qu'une traduction d'un ou deux moments de sa vie – ces moments passés la veille de Noël 1979 dans sa chambre du 6, Varick Street. » Nous y reviendrons…

Dans *Moon Palace*, Fogg croise Zimmer, qu'il n'a pas vu depuis treize ans, au coin de Varick Street et de West Broadway. Dans *Léviathan*, Peter Aaron possède une « chambre », non loin du loft de Duane Street, à quelques rues de là, où vit Maria Turner. Interrogé sur ce sujet, Paul Auster répond, sans hésiter, mais visiblement, comme cherchant à faire partager ce souvenir douloureux et émouvant : « C'est au 6, Varick Street que j'ai écrit, dans la minuscule chambre qui était la mienne, la plus grande partie du "Livre de la mémoire". C'était horrible. La misère absolue.* »

La chambre donc, thème austérien s'il en est. La chambre, thème cher à Pascal qu'Auster a lu. Pascal avait poursuivi, à sa façon, une méditation sur la chambre, comme lieu où le moi, alternativement, se perd et se retrouve, se dissout, tente de se rassembler. Que nous dit-il ? Rien d'autre que ceci : la partie que nous jouons dans la vie n'est pas une partie qui

La chambre est un thème indissociable de celui de la venue de l'écriture. D'un côté, l'errance et, de l'autre, le repli sur soi et l'enfermement. (Illustration de Patricia Reznikov.)

commence, mais une partie en son milieu. Dans les *Pensées*, Pascal presse son interlocuteur de parier : « Vous êtes embarqué. » Et cette parole, brusque, a des retentissements infinis. Chez Auster, comme chez Pascal, la réflexion humaine débute en pleine mer (*L'Énéide*), en pleine forêt, au milieu de la vie (*La Divine Comédie*). Mais cette forêt et cette mer sont le branle incessant qui accable la conscience de l'homme enfermé dans sa chambre en compagnie de l'impénétrable secret. Si Daniel Buren raconte qu'il quitta sa cave du XVIIIe arrondissement de Paris, son sol en terre battue, sa minuscule verrière, pour ne pas, selon ses propres termes, « y moisir », et ainsi travailler dans les rues de la ville, sur les places, *in situ*, Paul Auster confirme qu'il a choisi, et fait choisir à ses personnages, l'espace réduit de la chambre. Dans *Revenants*, Noir raconte, émerveillé, à Bleu, comment, ses études universitaires terminées, Hawthorne est revenu à Salem, « s'est enfermé dans sa chambre et n'en est pas sorti pendant douze ans » ! Ayant lui-même vécu toute une année dans une chambre de bonne à Paris, où il écrivit son premier recueil de poèmes, Paul Auster se rend à présent chaque matin, délaissant les *brownstones* à pilastres plaqués et corniches à l'antique du très victorien quartier de Park Slope, dans son « trou à rats* » (*sic*), une pièce nue transformée en bureau où il travaille de neuf heures à seize heures, *« six hours a day, five to seven days a week »*. Derrière sa pile de cahiers Clairefontaine grand format achetés en France et les volutes de ses chers Schimmelpenninck, Paul Auster retrouve la chambre de bonne parisienne dans laquelle le père de M. (*cf.* « Le Livre de la mémoire ») s'était caché plusieurs mois pour échapper aux nazis, et que M. avait occupée à son tour, par on ne sait quelle étourdissante coïncidence, lorsque celui-ci, plus de vingt années après, était venu étudier à Paris. La chambre est la chambre du véritable drame humain. Celle où Hölderlin – dans cette pièce que lui avait ménagée le charpentier Zimmer (Zimmer, qui signifie « chambre » en allemand, est également le nom de l'ami de Fogg dans *Moon Palace*) dans une tour de Tübingen – alla jusqu'à la dissolution. Celle que Pascal, méditant sur « la chasse et la prise », propose à l'homme d'investir. Roi dépossédé, l'homme « seul dans une chambre » fera l'expérience « de l'ennui, de la noirceur, de la tristesse, du chagrin, du dépit, du désespoir » ; mais, comme dans *La Chambre dérobée*, la connaissance de la lumière est à ce prix. Après trois jours d'enfermement dans sa chambre d'hôtel, le narrateur peut enfin se dire : « À certain moment, allongé sur le lit, les yeux tournés vers les lames des persiennes closes, j'ai compris que j'en étais sorti vivant. »

Tout comme Paul Auster, « sorti vivant » de sa chambre du 6, Varick Street. Un soir, après avoir assisté à la répétition d'une compagnie de danse à laquelle un ami l'avait convié, il retrouve sa pleine puissance créatrice. Premier temps… La fluidité des danseurs qui se meuvent sur le sol le « remplit d'un immense bonheur ». Proche de l'euphorie, le lendemain même, il se met à sa table et écrit *Espaces blancs*, une œuvre qui n'appartient à aucun genre identifiable, mais qui lui permet de passer de la poésie à la prose : « Je reste dans la pièce où j'écris ces mots. Je mets un pied devant l'autre. J'écris un mot après l'autre et pour chaque pas que je fais, j'ajoute un mot, comme si pour chaque mot à dire, il y avait pour mon corps un espace à franchir, une distance à couvrir. » C'est ce travail, entre silence et mouvement, dans cette chambre, qui sut le convaincre qu'il avait encore en lui la force d'écrire (« *That was the piece that convinced me I still had it in me to be a writer* »). Le texte terminé, il apprit la mort subite de son père. Deuxième temps… Si d'un côté il publie une traduction alimentaire du dernier livre de la trilogie de Simenon, intitulé *African Trio*, de l'autre, il trouve l'énergie suffisante pour entamer la rédaction de *L'Invention de la solitude*, au 6, Varick Street, qu'il quittera en février 1980 pour s'installer dans un appartement à Brooklyn dans lequel il vivra la moitié de la semaine avec son fils Daniel, âgé de trois ans.

La chambre est un lieu de création, de rédemption et de douleur ; l'espace et le temps du passage. Une sorte de bateau pour immigrant du verbe : ferry et paquebot. Le héros de son roman policier, Max Klein, passe par l'épreuve d'une « pièce nue poussiéreuse et humide ». Bleu (*Trilogie new-yorkaise*) ne retrouve son identité antérieure qu'après l'épreuve de la chambre : « Il ne se rase pas, ne change pas de vêtements, ne bouge pas de la pièce. » Peter Aaron (*Léviathan*), qui vit dans une chambre sous-louée à un peintre parti vivre en Italie pour un an, entend Ben Sachs venu lui rendre visite lui dire que cette pièce n'est ni plus ni moins qu'un « sanctuaire d'intériorité, une chambre où la seule activité possible était la pensée ».

Mais le livre de la chambre reste bien *L'Invention de la solitude*. Auster y parle de la toile célèbre de Van Gogh, de la chambre d'Anne Frank, du « cabinet de travail » d'Emily Dickinson. Il en fait un crâne habité et un livre de mémoire, un lieu de tous les dangers, un lieu de ténèbres où Jonas est rendu à la vie. Car il s'agit bien de cela : de la vie. Un homme peut être dans sa chambre, y écrire, seul ; y parler de sa propre vie ou pénétrer, traduire, celle d'un autre, sans pour autant exclure ce qui l'entoure. Ainsi en est-il du 6, Varick Street, lieu d'où tout peut partir, vers quoi tout peut converger.

SoHo, TriBeCa sont des lieux de mouvance et d'histoire. Tesla, « le prophète des âges à venir » (*Moon Palace*), avait son laboratoire au carrefour de West Broadway et de Grand Street ; le bureau de Max Klein (*Fausse balle*) est « à deux blocks au sud de la station de métro Chambers Street » ; Maria Turner (*Léviathan*) y habite un loft, « une grande pièce située à l'étage au-dessus d'un grossiste en œufs et beurre » ; le narrateur du *Livre de la mémoire* dîne au Square Diner, « seul dans une salle, un journal étalé devant lui sur la table ». Peter Aaron (*Léviathan*) y rencontre Iris, « le soir du 23 février 1981, dans une petite galerie de Wooster Street » – une rue parallèle à West Broadway entre Canal Street et West Houston. Bien qu'Auster n'y habite plus, c'est donc tout près de Varick Street qu'a lieu la rencontre capitale de sa vie. L'Iris de *Léviathan* ne laissant aucun doute quant à son lien de parenté avec Siri. Iris, c'est Siri Hustvedt, la femme de Paul Auster, romancière et essayiste. La description d'Iris, dans *Léviathan*, est lumineuse : « Iris avait alors à peine vingt-quatre ans, une présence blonde éblouissante, un mètre quatre-vingts, un ravissant visage scandinave et les yeux bleus les plus profonds, les plus joyeux qu'on puisse trouver entre le ciel et l'enfer. Comment aurais-je pu deviner qu'elle était licenciée de littérature anglaise à l'université de Columbia ? », et l'auteur d'un mémoire sur Charles Dickens, pourrions-nous ajouter… Mais Paul Auster aime brouiller les pistes puisqu'il a rencontré Siri « malgré le blizzard et un mauvais rhume lors d'une lecture publique, dans une librairie de la 92e rue…* ».

À mesure que s'éloignent les mouettes de Battery Park et qu'on s'enfonce davantage encore dans la profondeur cosmopolite de New York, les quartiers assurent leur particularisme d'une rue l'autre, d'un trottoir l'autre ; se chevauchent et s'effacent, à l'image de ces plates-formes métalliques, de ces échelles emmêlées, si nombreuses, dont Henry James disait : « Elles frappent davantage de notes new-yorkaises qu'on ne peut en exprimer par parenthèse – et peut-être plus fort que tout la note de l'aisance avec laquelle, dans cette ville terrible, l'"architecture", à l'occasion, va à vau-l'eau ; mais elles lui donnent le plus souvent l'aspect d'une cage spacieuse pour les animaux les plus agiles de quelque grand jardin zoologique. Cette analogie générale et irrésistible – chaque quartier semble offrir un petit monde de barres, de perchoirs et de balançoires pour des singes et des écureuils humains. Le mot même d'architecture se perd, car ces échelles de secours ont l'air de rectifications confuses, d'escaliers et de communications oubliés lors de la construction […] » (*La Scène américaine*).

Le Lower East Side, qui fut à l'origine peuplé d'Italiens, de Juifs et de Chinois auxquels sont venues s'agréger des immigrations antérieures, noie ses fibres dans celles de Chinatown et de Little Italy, de l'East Village et de Greenwich Village, mais ces marges ne jouent, dans les romans de Paul Auster, qu'un rôle souvent secondaire. Des personnages s'y perdent, traversent des univers qui ne sont pas vraiment les leurs, à l'image de Stillman père (*Revenants*) qui, après avoir descendu les marches du passage pour piétons et suivi la rue qui s'incurve autour du City Hall (hôtel de ville où Sophie Fanshawe se marie, le 11 décembre 1978, dans *La Chambre dérobée*), s'engage dans Centre Street en direction de Chinatown qu'il traverse sans ralentir le pas et continue au-delà : « Ces pérégrinations durent plusieurs heures, note Paul Auster, et à aucun moment Bleu n'a l'impression que Noir ait une destination. »

Berceaux de l'immigration new-yorkaise – au même titre que le Lower East Side –, Chinatown et Little Italy sont nourris d'une histoire intensément humaine, dramatique et épique. Ce fut dans ces quartiers que vécurent les ouvriers qui construisirent les gratte-ciel et les métros, les ponts et les canalisations. Beaucoup d'entre eux y laissèrent leur vie et certains quartiers disparurent même complètement. Grace Paley rappelle ainsi que Little Rumania, située dans l'actuel rectangle Sarra Roosevelt Park-Essex Street et East Houston-Canal Street, « était, dans les années 1890, l'un des quartiers les plus distincts et intéressants » (*Énormes changements de dernière minute*, éditions Recherches, 1982). « Little

Italy est un quartier qui s'est réduit au cours des ans comme une peau de chagrin. Au contraire, Chinatown s'est développé* », remarque Paul Auster qui y vécut quelques semaines dans un loft situé entre Chatham Square et le Manhattan Bridge, tout comme celui occupé par Kitty et Fogg dans *Moon Palace* : « L'année scolaire de Kitty s'acheva une semaine environ après que j'eus reçu l'argent, et vers la mi-juin nous avions trouvé un endroit où habiter. Pour moins de trois cents dollars par mois, nous nous installâmes ensemble dans un grand loft poussiéreux sur East Broadway, non loin de Chatham Square et du pont de Manhattan. C'était en plein cœur de Chinatown, et Kitty, qui s'était chargée de tout arranger, avait tiré parti de ses origines chinoises dans ses marchandages avec le propriétaire, dont elle avait obtenu un bail de cinq ans, avec des réductions partielles du loyer pour toutes les améliorations de structure que nous étions susceptibles d'apporter. » Toujours dans *Moon Palace*, Barber invite Fogg et Kitty dans un restaurant de Chinatown, un Chinatown qui n'est plus celui des bordels, des fumeries d'opium et des salons de jeux. Un Chinatown qui n'est plus celui du début de siècle, celui du mah-jong, des jeux d'argent et de la guerre des Tongs (tout le monde se souvient de l'épisode fameux du *Cameraman* de Buster Keaton, durant lequel le singe filme les combats de rue dans le Chinatown de 1928), un Chinatown peuplé essentiellement d'hommes qui envoyaient l'argent gagné à leur famille restée en Chine. En un mot : un Chinatown du passé. Celui de Fogg est presque celui

Situé à l'angle de West Broadway, dans le quartier de TriBeCa, le 6, Varick Street est un lieu capital. Auster y vécut en 1979, avant de s'installer à Brooklyn. Dans sa chambre minuscule il écrivit, dans le dénuement le plus total, une grande partie du *Livre de la mémoire*.

que l'on rencontre aujourd'hui. Un Chinatown plus vaste donc, fort d'environ cent mille Sino-Américains. Les remarques de Fogg restent d'actualité dans l'univers de Paul Auster : « Chinatown était pour moi comme un pays étranger et, chaque fois que je sortais dans la rue, je me sentais complètement désorienté et confus. C'était l'Amérique, mais je n'entendais rien à ce que les gens disaient, je ne comprenais pas la signification de ce que je voyais. Au contraire de ce que j'aurais imaginé, ce statut d'étranger ne me gênait pas. C'était une expérience curieusement stimulante qui, à la longue, paraissait embellir la nouveauté de tout ce qui m'arrivait. Il ne me semblait pas avoir déménagé d'un quartier de la ville à un autre, mais avoir accompli, pour parvenir où j'étais, un voyage autour de la moitié du globe, et il tombait sous le sens que rien ne pouvait plus me paraître familier, moi-même inclus. »

Moins dépaysant, Greenwich Village, que les New-Yorkais nomment simplement « le Village », tire son nom de la ville anglaise de Greenwich. Initialement habité par les indiens Dapa Kanikan expulsés par les Hollandais qui cultivèrent sur cette terre fertile du tabac, Greenwich Village a d'abord été un quartier résidentiel, puis a accueilli de nombreux immigrants irlandais et italiens. Élu par Edgar Poe, Henry James, Herman Melville, Mark Twain, puis par Willa Carther, Tennessee Williams, Edward Estlin Cummings, Dylan Thomas et quelques autres qui ont su apprécier le calme de certaines de ses rues tortueuses, souvenirs des anciens cours d'eau qui le traversaient et des parcelles qui le découpaient, ce quartier, aujourd'hui investi par la communauté « gay », appartient encore à ce Manhattan tortueux où les personnages de Paul Auster peuvent, à certains moments de leur existence, vivre d'intenses expériences. Ainsi, est-ce dans un bar du West Village que Peter Aaron et Ben Sachs, « tous deux invités à donner une lecture de leurs œuvres », se rencontrent, alors qu'une formidable tempête de neige a bloqué chez lui le public censé venir les écouter (*Léviathan*). Si l'on excepte les deux épisodes de la *Trilogie new-yorkaise* dans lesquels (et encore s'agit-il de Chelsea plus que de Greenwich Village) il est indiqué que Sophie Fanshawe vit « dans un vieil immeuble de brique rouge, sans ascenseur avec des cages d'escalier sinistres et de la peinture écaillée sur les murs », et que Bleu aperçoit madame Bleu « les deux bras noués autour du bras droit d'un homme que Bleu n'a jamais vu » (*Revenants*), alors qu'il fait son lacet gauche à la hauteur de la 26e rue est, Greenwich Village apparaît essentiellement dans *Moon Palace*. Zimmer, qui s'occupe de Fogg durant sa convalescence, loge dans un vieil immeuble, à Bank Street, à l'ouest du Village : « C'était une tanière douteuse, encombrée de livres et de disques : deux petites pièces sans porte de séparation, une cuisine rudimentaire, une salle de bains dépourvue de fenêtre. » Barber fils, qui veut selon son expression « tâter de la vie à New York », sous-loue un appartement « dans la 10e rue, entre la 5e et la 6e avenue ». « J'ai vécu plusieurs semaines chez un ami, dans une chambre dont la fenêtre donnait sur la 10e rue.

L'immeuble était un *brownstone*, typique du vieux New York. J'en ai habités beaucoup, aussi trouve-t-on de nombreux *brownstones* dans mes romans.* »

Quant à Fogg, il tombe sur un exemplaire de l'autobiographie de Tesla, *Mes inventions*, « chez un bouquiniste de la 4e avenue » et prend un temps l'habitude de déjeuner dans Abingdon Square – un petit square situé à un block et demi à l'est de l'appartement de Zimmer, mais aussi tout près du 567, Hudson Street, adresse de la White Horse Tavern, à l'angle avec la 11e rue ouest, où Fogg se saoule, « à l'automne soixante-neuf », avec Zimmer, et où il se rend, bien des années plus tard, avec Barber fils, s'installant à une table dans l'arrière-salle tandis qu'une « chaleur poisseuse » rappelle que les étés new-yorkais sont terriblement éprouvants.

Paul Auster vint parfois, tandis qu'il habitait le quartier, boire des bières, à l'une des tables en bois patiné du célèbre bar blanc et noir décoré de têtes de chevaux en plâtre ou en bois, peintes ou dessinées, blanches en médaillon sur la façade. Une nouvelle fois, la biographie rejoint la fiction. Une nouvelle fois, l'œuvre se nourrit de la vie, la croise et la recroise. Mais le 6, Varick Street reste un cas isolé dans la constitution de l'univers romanesque de Paul Auster. Bien que certains lieux soient liés de façon intime à l'œuvre, gardons-nous de généraliser : « Les lieux ne comptent pas, excepté dans ce cas très particulier du 6, Varick Street : le lieu était aussi une partie du livre. Sans l'expérience de cette chambre, le livre eût été totalement différent.* »

Ancien quartier industriel, SoHo fut sauvé de la démolition par nombre d'artistes qui décidèrent de découper les immeubles à structure métallique (les *cast-iron buildings*) en lofts. Auster y vécut quelque temps avant que n'éclate la spéculation immobilière.

Au terme de cette première perspective cavalière de ce New York particulier, il est curieux de constater que cette étape se termine, sans pour autant se clore, aux abords de ce que Henry James appelle « la malédiction topographique » du vieux projet new-yorkais. On doit à Clinton de Witt, politicien visionnaire et brillant, ardent défenseur de projets culturels et commerciaux, et maire de New York de 1803 à 1815, la formation d'une commission destinée à étudier le futur tracé des rues de Manhattan. Afin de faire de sa ville une capitale prospère où l'on pourrait « acheter, vendre et améliorer la propriété immobilière », Clinton de Witt conjectura une métropole qui serait ni plus ni moins une grille composée de 2 028 *blocks* (13 x 156), soient douze avenues allant dans le sens nord-sud, et cent cinquante-cinq rues dans le sens est-ouest. « Ce péché originel des avenues longitudinales perpétuellement, et pourtant mesquinement, sectionnées, et du sacrifice délibéré de la possibilité indiquée de grandes perspectives d'est en ouest, pourrait encore mériter le pardon par quelque dérogation occasionnelle à sa logique douteuse. Mais, en raison de cette logique, la ville est, de toutes les grandes villes, la moins dotée de tout élément béni de place majestueuse ou de beau jardin, de toute surprise, de tout gracieux accident, de tout heureux recoin ou carrefour fortuit, de toute déviation, enfin, vers le libéral et le charmant », regrette Henry James…

Le New York de Paul Auster constitue une entorse à ce vieux projet « de composition et de distribution » devenu réalité. Dans le labyrinthe infini qui conduit ses personnages à séjourner – comme il le fit lui-même – dans la corne d'abondance d'un Manhattan désorganisé, inadéquat, inattendu, fait de brusquerie et d'artères invertébrées, de carrefours impertinents, de lieux d'indépendance péremptoires, de circulation tournante, de transitions mystérieuses, il ne fait rien d'autre que de rejoindre le sentier de traverse de Broadway, vestige oblique de ce chemin indien venu du fond du temps de Man-a-hat-ta. Comme une flèche vagabonde et sûre de son art qui défie la géométrie « inconcevablement bourgeoise » (Henry James) de la grille de Manhattan. Auster ouvre la cage de la ville. Contrairement à John Jacob Astor (1763-1848) qui, une fois la « grille » mise en place, acheta, parcelle après parcelle, le terrain de Manhattan jusqu'à le posséder en son entier, permettant ainsi au sol inoccupé d'être investi, à la population hypothétique d'exister, aux édifices fantomatiques de s'édifier, aux activités inexistantes de se réaliser, à une prédiction hasardeuse de se transformer en apothéose financière, Paul Auster dilapide cette fausse fortune spéculative. À la théorie de la fourmi, il oppose celle d'un potlatch revu et corrigé : un art de la dépense qui ne serait pas ostentatoire, un don pour le don qui n'entraînerait pas l'acquisition d'un pouvoir (c'est le cas dans certaines tribus indiennes du Nord-Ouest américain), une fête sans humiliation, un défi sans usure. Paul Auster déambule vers le pont de Brooklyn et vers tous les ponts de New

York. Guettant les navires qui gagnent la mer entre les falaises ou les hommes qui marchent entre les gratte-ciel, il pourrait dire, à l'instar de la Tiffany de Truman Capote : « J'aime New York, bien que ce ne soit pas à moi dans le sens où les choses vous appartiennent : un arbre, une rue, une maison. Mais quand même quelque chose là m'appartient parce que je lui appartiens » (*Petit déjeuner chez Tiffany*).

Central Park

*Pénétrer dans un parc, c'est un peu comme aller à la campagne mais au cœur de la ville. Quelle est la fonction d'un parc urbain ? Incontestablement, nourrir la vie de la ville.**

PAUL AUSTER.

Tandis que le XIXe siècle bascule dans sa seconde moitié, le risque de voir la population new-yorkaise engloutir l'espace vacant laissé par le quadrillage de Manhattan est réel. Sous l'impulsion du journaliste William Cullen Bryant et des Commissions of Estimate and Assessment, il est décidé qu'un jardin sera aménagé au centre de la cité, entre les 5e et 8e avenues et entre la 59e et ce qui est alors la 104e rue. Aux empilements de constructions verticales cernant la surface inoccupée, Calvert Vaux et Frederick Law Olmsted opposent une nature préméditée, ondulée et rocailleuse, pittoresque et accidentée. Entre 1857 et 1870, ce qui n'était à l'origine qu'un terrain laissé à l'abandon est peu à peu remplacé par un espace de jeu et de loisirs planté de cinq cent mille arbres et buissons. Certes, comme le fait remarquer Rem Koolhaas, « les lacs de Central Park sont artificiels, ses arbres (trans)plantés, ses accidents de terrain planifiés, et tous ses accessoires étayés par une infrastructure invisible qui commande leur mise en place » (*New York délire*). Mais conclure comme il le fait que « Central Park est un tapis d'Arcadie synthétique » relève de la précipitation. Ce qui n'était à l'époque de son élaboration (le plan portait le nom de Greensward Project) que fouillis reconstitué, nature factice, offre aujourd'hui à New York un véritable poumon de trois cent quarante hectares. Plans d'eau et espaces verts, cours de tennis et patinoires, zones pour joueurs d'échecs, bowling, croquet ou base-ball, zoos, fontaines, réserves ornithologiques, chemins pédestres et équestres, pistes de roller et de jogging font de Central Park un des lieux les plus prisés des New-Yorkais.

Edward Hopper, qui était fasciné par les villes, peignit certes les rues de New York, ses ponts, ses *roof-tops*, ses *pavements*, ses *drugstores*, mais aussi une remarquable petite toile intitulée *Park Entrance* (1918-1920) – remarquable par sa masse arborée prise entre routes et ciel, et visible au Museum of American Art de New York. Lorsque Henry Roth se souvient des années d'enfance d'Ira Stigman, le petit immigrant juif étranger à la bourgeoisie et à l'intelligentsia new-yorkaise mais attiré par elles, il évoque avant tout le souvenir précieux du Park : « L'arbre et l'herbe, les rochers et le lac, le ciel et l'aube, indécis, d'un bleu fragile, et puis l'atmosphère humide et

Central Park : une nature sublimée qui agit tel un exutoire. « J'aime vraiment aller au parc, dit Stillman dans *Cité de verre*, il y a les arbres, l'air et la lumière. Dans tout cela, il y a du bon, n'est-ce pas ? »

l'odeur de verdure… » (*Un rocher sur l'Hudson*). Dans *Petit déjeuner chez Tiffany*, Truman Capote parle des automnes à Central Park, des feuilles qui flottent sur New Lake et d'un certain gardien éventant un feu sur la rive – « et la fumée, montant comme des signaux indiens, est la seule tache dans l'air frémissant ». Pour sa part, Henry James, qui a parfaitement conscience, en s'y promenant (*La Scène américaine*), d'avoir, au cours de ses voyages, « communié avec une nature aux formes plus amples ou plus belles », reconnaît quel choc salutaire lui procure le passage de « la rigueur des rues new-yorkaises » à cette « présence si différente aux multiples sourires ».

Le parc, chez Paul Auster, joue-t-il cette fonction apaisante et nostalgique ? Offre-t-il cette face de calme et de volupté perceptible dans *Lilliputian Boats in Central Park*, toile peinte en 1890 par un contemporain d'Henry James, William Merritt Chase ? Nous ne saurions répondre totalement par l'affirmative. En lecteur de Jean-Jacques Rousseau (n'oublions pas que Paul Auster souhaitait le traduire), qui ne se sentait apaisé qu'« au milieu des prés, des eaux et des bois » (*Les Rêveries du promeneur solitaire*, Promenade 7), Paul Auster ne néglige pas l'aspect bénéfique stimulant joué par la nature, même lorsque celle-ci est « préméditée » comme dans Central Park. Il reconnaît à cette nature sublimée une certaine vertu curative, en fait « une sorte d'exutoire* » où laisser s'évader l'esprit vacant, tout en admettant que ses personnages y vivent des expériences fondamentales et formatrices.

Le cas de Fogg, dans *Moon Palace*, est exemplaire. Expulsé de son appartement de la 112e rue ouest par le surveillant de l'immeuble, Simon Fernandez, Fogg commence son errance : « Ce matin-là, je me mis simplement à marcher. J'allais où mes pieds me menaient. Dans la mesure où je pensais, c'était à laisser le hasard décider des événements, à suivre la voie de l'impulsivité et de l'arbitraire. » Ses premiers pas le mènent vers le sud. Dans son sac, quelques effets personnels ; en poche, une vingtaine de dollars… Arrivé à Colombus Circle, il trouve un billet de dix dollars qui lui accorde un maigre sursis. Il se restaure, assiste, dans une salle de cinéma de Times Square, à la projection du *Tour du monde en quatre-vingts jours*, et reprend son errance, « la peur au ventre ». Les heures s'écoulant, faute de lieu où dormir, il choisit Central Park : « Je me trouvai vers onze heures, en train de marcher sur la 5e avenue en parcourant d'une main distraite le mur de pierre qui la sépare du parc. Je regardai de l'autre côté, vis cet immense espace inhabité, et me rendis compte que rien de mieux ne se présenterait à cette heure. Au moins, le sol y serait mou, et j'accueillais avec soulagement l'idée de m'étendre sur l'herbe, de pouvoir faire mon lit en un lieu où personne ne me verrait. J'entrai dans le parc quelque part près du Metropolitan Museum, m'enfonçai vers l'intérieur pendant plusieurs minutes, puis me glissai en rampant sous un buisson. »

L'expérience du Park, curieux Éden construit, retrouvé, passe par une épreuve sinon inconsciente, du moins « invisible » : celle du mur. Le mur, traditionnellement, est une enceinte protectrice : il clôt un monde et évite que n'y pénètrent les influences néfastes. Assurant la défense d'un domaine, il le limite d'autant plus. Mais il peut être aussi symbole de séparation. Ainsi en était-il du mur blanc qui séparait la Haute de la Basse-Égypte. Ainsi en est-il du mur des Lamentations qui sépare les frères exilés de ceux qui sont restés. Le mur austérien est une image récurrente curieuse. Un de ses premiers livres de poèmes, publié en 1976, s'appelait *Wall Writing* – littéralement, « écrire sur les murs » –, traduit en français par *Murales*. Le narrateur y taillait des pierres « pour défier la terre », les enfouissait et les brisait ; y lisait la nuit, en braille, des blessures, « sur le mur intérieur de ton cri ». Paul Auster écrivait aussi : « C'est un mur. Et le mur est la mort. » Ou encore : « Car le mur est une parole. » En présence de ce mur répété, il pressentait « la somme monstrueuse des détails ». Lorsque Auster tente d'écrire des pièces de théâtre, en 1976, l'une d'entre elles raconte l'histoire de deux hommes qui passent tout le temps du spectacle à construire un mur qui finit par se dresser entre le public et eux ! Lorsque les deux héros malheureux de *La Musique du hasard* perdent leur singulière partie de poker face aux deux milliardaires maniaques et pervers, ceux-ci les contraignent, pour rembourser leur dette de jeu, à bâtir un énorme mur avec les cent mille pierres d'un château acheté en Irlande et déposées en vrac sur leur propriété de Pennsylvanie, clôturée tel un camp de concentration. Quant au programme de travaux publics lancé par le nouveau gouvernement autoritaire, dans *Le Voyage d'Anna Blume*, il n'est autre qu'un « projet de mur marin… ». Le mur, prison où l'on inscrit des graffiti, comme pour prouver qu'on existe, enferme le héros austérien qui finit par s'y anéantir. Mais quel sens donner à cet

Le mur de Central Park. Le mur, thème austérien. « Pour pénétrer le silence de ce mur, je dois me dépouiller de moi-même » (*Murales*). (Illustration de Patricia Reznikov.)

enfermement sur lequel se clôt l'aventure de Nashe et de Pozzi, commencée dans les grands espaces ? Paul Auster écrit dans *Murales* : « Le langage des murs / ou un dernier mot / coupé / du visible. » Sur le mur immobile s'abat le point du silence ou du surnaturel.

Oui, le mur est un passage. « Pour pénétrer le silence de ce mur, / je dois me dépouiller de moi-même », écrit Paul Auster dans *Murales*. En pénétrant dans le parc, Fogg va au-devant de lui. Lentement, la peur du parc atténuée, il décide d'y vivre quelques semaines. Comme il s'y perd, entre brouillard matinal et brise légère, bruits de criquet et branches qui oscillent, le parc devient pour lui « un sanctuaire, un refuge d'intériorité ». Revenons à Jean-Jacques Rousseau… Fogg, qui ne pratique pas l'herborisation sur les chemins de Suisse ou du Piémont, fait du Park un champ d'investigation, un lieu de promenade. En marchant, il rêve et apprend à se connaître et laisse l'imagination suivre son cours – « en partant, je ne songeais qu'à bien marcher », avoue Rousseau au quatrième livre des *Confessions*. Isolé, séparé du reste du monde, le Park est un lieu sans protocole rigoureux où l'inhabituel peut s'exprimer en toute quiétude et l'imaginaire pratiquer sa gymnastique. Fogg va tenter d'y retrouver sa vie intérieure, de pénétrer au-dedans de lui : « Le parc n'est pas uniquement un lieu de repos. Fogg s'y découvre.* » Cette solution est choisie « par désespoir et nécessité* ».

Dans le parc, Fogg vit des expériences multiples, se tient au courant de l'état du monde, « hors les murs », grâce aux journaux qu'il trouve dans les poubelles, se fait agresser dans Sheep Meadow, cette vaste clairière où paissaient encore des moutons lors des années de dépression, mais surtout, reste occupé de questions pratiques : « Je passais une partie de mes journées à chercher de la nourriture dans le parc. » Cet état de clochardisation est nécessaire à la renaissance. Si le New York de Central Park, fait de jungles, de feuillages et de douces prairies, s'oppose en tous points à la verticalité et au bruissement incessant de la rue, il est un pont qui réunit ces deux mondes antagonistes et complémentaires : celui constitué par les sans-domicile-fixe, qui vivaient à l'époque de la dépression de 1929 dans ces *Hoovervilles*, cabanes construites dans Central Park, et qui le sillonnent aujourd'hui en poussant des caddies et en s'abritant sous des cartons empilés. À New York, on peut vivre et inventer en paix, on peut regarder sans être regardé, mais cette liberté, forme naturelle (sinon nécessaire) d'indifférence à autrui, comporte un corollaire monstrueux qu'Alfred Kazin résume en une phrase : « À New York, on peut mourir anonymement. »

Ce thème de la clochardisation est majeur dans l'œuvre de Paul Auster, lié à la ville. Il y revient sans cesse. Dans son essai liminaire à *L'Art de la faim*, son recueil d'essais, il évoque Knut Hamsun, ce jeune homme qui arrive dans une ville, qui voudrait écrire mais qui se laisse mourir de faim. Qui erre dans les rues de la ville.

La ville, c'est Christiana (Oslo) ; l'année, 1890. Le lieu, la date, d'un certain point de vue, n'ont guère d'importance : « La ville est labyrinthe de la faim et toutes ses journées se ressemblent. » Et plus loin : « S'étant retiré dans une solitude presque parfaite, il est devenu à la fois le sujet et l'objet de sa propre expérience. La faim est le moyen par lequel se produit cette scission, elle catalyse, pourrait-on dire, l'altération de la conscience. » En octobre 1995, Paul Auster m'avait confié qu'il avait retrouvé, moins d'un an auparavant, un vieux cahier du temps où il était étudiant. Un carnet, déjà, où il prenait des notes, où il consignait des idées. Une citation l'avait particulièrement troublé : « Le monde est dans ma tête. Mon corps est dans le monde. » Et il avait ajouté : « J'avais dix-neuf ans et cela continue d'être ma philosophie. Mes livres ne sont rien d'autre que le développement de cette constatation.* » Nous pourrions tenter une paraphrase : le parc est dans ma tête. Mon corps est dans le monde du parc…

Max Klein, dans le roman longtemps tenu secret déjà cité, *Fausse balle*, affirme qu'il est un citoyen du monde « à ras de terre » et que c'est là qu'il « trouve son air »… En plein été 1948, Bleu, qui trouve enfin le courage d'agir, fouille dans son sac de déguisements et « revêt la panoplie du clochard » (*Revenants*). Dans *La Chambre dérobée*, on apprend que Fanshawe, qui devait avoir à l'époque quinze ans, persuade son ami de passer le week-end avec lui à New York, « de courir les rues, de dormir sur un banc dans la vieille gare de Penn Station, de parler à des clochards », ce qui représente à ses yeux, non pas une chute pitoyable ou sordide, mais « un pas de plus pour se prouver ». À la fin de son parcours (voir ici le chapitre « L'art de la marche »), Quinn, qui avait déjà rêvé, au chapitre 8 de *Cité de verre*, qu'« il se trouvait dans la décharge municipale de son enfance, en train de passer au crible une montagne de détritus », s'assied sur un des bancs de la place du palais des Nations unies, sur la

1re avenue entre les 45e et 47e rues est, et note sur son cahier « certains faits avant de les avoir oubliés »… Cela concerne : « Les clochards, les jetés, les femmes au sac d'épicerie, les paumés et les ivrognes. Ils vont du simple indigent à la lamentable épave. Partout où on se tourne, ils sont là, dans les beaux quartiers comme dans les autres » (*Cité de verre*, chapitre 11).

Le salut exige donc une mue interne ; le changement partiel ou total n'affecte pas la carapace, le plumage, la peau, comme chez certains animaux, mais le dedans, l'être profond : la métamorphose est complète. L'habit de clochard revêtu par Bleu (*Revenants*) est celui d'un vieux clochard connu de tout le quartier, un certain Jimmy Rose, « qui n'est pas tant un miséreux scrofuleux qu'un sage illuminé, un saint apôtre de la pénurie, vivant dans les marges de la société ». Précipité dans les zones irrémédiables de la condamnation sociale, le clochard peut trouver une forme de rédemption dans le parc. Paul Auster a une très grande tendresse pour ce déclassé qu'est l'exclu et qui, d'une certaine façon, rejoint la différence fondamentale qui habite l'écrivain : « L'écriture est sûrement une maladie. On écrit pour combler un manque, parce que quelque chose ne va pas.* »

Paul Auster, qui a écrit des pages magnifiques sur Don Quichotte, n'ignore rien de la folie des vagabonds et des saints. Le clochard, comme le saint, se bat contre des moulins à vent, s'immole lui-même pour sauver une créature qui sera un autre lui-même, cherche à rétablir une certaine harmonie du monde. La métamorphose est sa vérité, et la recherche de l'identité l'élan qui le propulse vers les espoirs et leurs effusions. Revenons à Karl Rossmann et aux propos de Citati (dans *Kafka*) : « Nu, dépouillé, l'esprit vide, le cœur vide, il contemple la réalité avec des yeux pétrifiés et observe avec un stoïcisme sublime sa propre dégradation. »

Nous aborderons cette question dans le prochain chapitre : Paul Auster n'est pas un archéologue qui creuse et effectue des fouilles. Ses personnages, sans être « à la surface » des choses, travaillent « en surface ». Ils quadrillent des sites, voient des figures, des objets, des profils, des débris, des restes, des signes qu'ils croisent mais ne vont jamais les chercher ailleurs, ne vont jamais les trouver sous la terre, dans le sol… Questionné sur ce travail de surface, Paul Auster ne répondit pas. Mais ses silences, ses regards, cette façon de laisser le corps « réagir à sa place » – indescriptible, ici – furent une réponse que je transcris à présent, telle quelle, dans son émotion et sa véracité, sa gêne, son ambiguïté, non pas une dérobade, mais une façon de faire du dérobé un élément de réponse. Il commençait de faire chaud, la machine qui fabriquait en toussant de l'air conditionné nous accompagnait, vétuste et amicale, et Paul Auster, au plus profond de son fauteuil, jambes allongées sur son bureau, allumait son énième Schimmelpenninck :

« C'est trop dur…

– Trop dur de parler ?

– Trop difficile de parler de ces choses… (Silence.) Tu inventeras… (Rires.)

– C'est trop intime ?

– Oui, c'est trop intime.

– Comme les clochards ?

– Comme les clochards ?

– Les clochards, c'est trop intime pour toi ?… De parler de tout cela ?…

– Oui, les clochards, c'est vraiment trop intime… C'est une question tellement importante pour moi. Il y aurait tellement à dire. Mais c'est trop vaste, trop profond. Cela touche à la fois au domaine spirituel et au matériel… (Long silence)… Non, vraiment, je ne peux pas répondre. L'énergie me manque. Tu inventeras… (Rires)… C'est toi le psychanalyste !* »

Sans doute sommes-nous assez loin d'un Central Park de rêve, tout en verdure et en places de repos. Celui de la statue de Hans Christian Andersen et du bronze représentant Alice au pays des merveilles, de la Fontaine de Bethesda et du paisible Strawberry Fields. Oui et non… Central Park qui, dans certaines portions et à certaines heures, est un véritable coupe-gorge, est à d'autres moments et en d'autres endroits une oasis de détente et de paix. Lorsque Fogg quitte le parc, il n'est plus le même Fogg. Il a, comme Jonas, passé quelques jours dans le ventre de la Baleine – ici une anfractuosité dans un groupe de rochers entourés d'arbres et de broussailles ; il a rêvé qu'il suivait un groupe d'Indiens « à travers les forêts de Manhattan » et regagné une sorte de « terre ferme ».

Peu de personnages de Paul Auster entrent et sortent de Central Park, y séjournent. Rappelons que dans *Cité de verre*, Quinn, qui n'a plus d'argent, après une marche qui lui fait traverser la 5e avenue, longer le mur de Central Park et y pénétrer à la hauteur de la 96e rue est, se laisse éblouir par le scintillement d'ombre et de lumière « qui le frappe comme miraculeusement dans sa beauté ». Il finit par s'endormir dans Central Park, entouré du chaleureux contact de l'herbe et des arbres : « Se servant du cahier rouge comme oreiller, il s'allongea sur un monticule herbeux au nord de l'arbre et s'endormit. C'était le premier sommeil ininterrompu qu'il connaissait depuis des mois et il ne s'éveilla pas avant le lendemain matin. »

Les alentours de Central Park jouent un rôle dans la mesure où les aspects de l'œuvre s'y rapportant le considèrent comme une barrière à ne pas franchir. Central Park est là. Il renvoie à l'évolution de la ville. Il en est un peu une des preuves. Il appartient à son histoire, mais son mur de pierres et de verdure reste impénétrable. En ce sens, l'épisode de l'hôtel Plaza, dans *La Musique du hasard*, est intéressant. Inspiré des châteaux de la Renaissance française, cet établissement, qui était considéré, lors de son inauguration en 1907, comme « le meilleur hôtel du monde », est l'œuvre de l'architecte Henry J. Hardenbergh auquel on doit également le premier Waldorf-Astoria et le Dakota. Situé au numéro 768 de la 5e avenue, face à l'entrée sud-est de Central Park, il reste, du haut de ses dix-huit étages et de ses huit cents chambres, un des symboles du luxe new-yorkais. Entre le village de Millbrook, où il découvre Pozzi, et la maison de Stone et Flower à Ockham en Pennsylvanie, Nashe décide de faire une halte symbolique à l'hôtel Plaza :

Cité de verre. Bande dessinée réalisée par Paul Karasik et David Mazzucchelli à partir de l'œuvre homonyme : « À la 96e rue il entra dans le parc et éprouva du plaisir à se retrouver au contact de l'herbe et des arbres. »

pour impressionner Pozzi, mais aussi comme une sorte d'ultime arrêt avant de tout perdre, dans un quartier de New York qui connaît un certain prestige… Après avoir rangé la Saab rouge dans un parking souterrain de la 58e rue est, Nashe emmène Pozzi au Plaza, persuadé qu'il n'y est jamais descendu. Or, ce dernier lui raconte immédiatement comment, enfant, il y était déjà venu avec son père… Le seul séjour à New York du roman sera bref : achat de vêtements pour Pozzi, « surtout afin de le voir déambuler à travers Saks Fifth Avenue », verres de bière

Photo du film de Philip Haas tiré de *La Musique du hasard*. C'est durant cette fameuse partie de poker opposant Nashe et Pozzi à Stone et Flower qu'un vol de figurines va faire basculer le récit.

pris à l'Oyster Bar, repas de sandwichs, dans la chambre, en regardant à la télévision le match de base-ball opposant les Mets à Cincinnati, quelques pages des *Confessions* avant de s'endormir et départ le lendemain matin. S'agissait-il, pour Paul Auster, d'une réminiscence autobiographique, comme il ne nous est pas interdit de le supposer ? Était-il venu avec son père à l'hôtel Plaza alors qu'il était enfant ? « Non. Je ne suis pas allé au Plaza alors que j'étais enfant, mais plus tard… J'y ai passé ma nuit de noces avec Siri.* »

La deuxième frontière faisant intervenir le rectangle central du Park est celle de l'Upper East Side. Compris entre la 59e rue est et la 105e rue est, bordé par l'East River d'un côté et le mur de Central Park de l'autre, ce quartier est, depuis cent ans, celui des boutiques de luxe, des magasins chics, des galeries d'art et des anciennes demeures de milliardaires aujourd'hui transformées en musées ou occupées par des ambassades ou des consulats. Et s'il reste encore quelques maisons en grès du Connecticut (les fameuses *brownstones*) et de rares maisons de bois (notamment aux 120 et 122 de la 92ᵉ rue est), force est de reconnaître que cette âme héritée du XIXᵉ siècle a cédé la place aux gratte-ciel et à ce que les New-Yorkais appellent le *Museum mile* : Guggenheim Museum, Cooper-Hewitt Museum, Metropolitan Museum, National Academy of Design, Whitney Museum, Frick collection, Jewish Museum, Museum of the City of New York, etc.

On trouve peu de références à l'Upper East Side dans l'œuvre de Paul Auster. Une première, dans *La Chambre dérobée* : le déjeuner au cours duquel l'éditeur Stuart a l'idée de commander une biographie de Fanshawe a lieu « près de son bureau dans l'Upper East Side ». Une seconde qui, bien que double, concerne en fait le même lieu. Dans *Cité de verre*, Quinn, qui se fait passer pour le détective privé Paul Auster, se rend à l'adresse que lui donne Virginie Stillman : « Dans la 69ᵉ rue, côté est. » On connaît la suite… Quinn finira par monter la garde sous une fenêtre de la résidence, en s'installant dans « une petite allée pour la nuit », puis dans un container à ordures de cette même allée : « À la 57ᵉ rue, il tourna à gauche et rejoignit Park Avenue. Là, il prit à droite et remonta jusqu'à la 69ᵉ rue où il fit quelques mètres pour arriver devant la résidence des Stillman. Leur immeuble avait le même air que le premier jour. Il leva les yeux pour voir s'il y avait de la

69e rue est, numéro 25. Auster a travaillé huit mois à cette adresse, lors de son retour à New York en 1974. Stillman habite cet immeuble. Se faisant passer pour Auster, Quinn s'y rend. Une femme lui ouvre la porte : elle a une robe noire et « un rouge à lèvres très rouge ».

lumière dans leur appartement mais il ne savait plus quelles étaient leurs fenêtres. La rue était d'un calme absolu. Aucune voiture n'y passait, aucun piéton. Quinn la traversa, se trouva un endroit dans une petite allée et s'y installa pour la nuit. »

Peter Aaron raconte, dans *Léviathan*, qu'après être revenu de son voyage en France avec seulement neuf dollars en poche, et plutôt que de demander de l'argent à son père, il accepte le premier emploi venu tout en caressant le projet de gagner sa vie comme traducteur : « À l'époque où j'ai rencontré Sachs, je travaillais chez un marchand de livres rares dans l'Upper East Side où la plupart du temps, assis dans l'arrière-boutique, je dressais des catalogues et répondais à des lettres. Je m'y rendais chaque matin à neuf heures et en sortais à une heure. » Paul Auster nous donne la clef de l'énigme. L'adresse du marchand de livres rares et celle de l'appartement de Stillman n'en font qu'une seule : « Quand je suis rentré de mon deuxième voyage en France, j'ai trouvé un travail chez un marchand de livres dont le bureau se trouvait au numéro 25 de la 69e rue est. Je me suis rendu à cette adresse, quotidiennement, pendant huit mois.* »

C'est également dans cette même 69e rue est que la pièce de Paul Auster *Laurel and Hardy go to the Heaven* fut montée, lors d'une de ces représentations organisées par John Bernard Myers dans une carrosserie qui était en fait l'ancien atelier de Mark Rothko. Le peintre des acryliques presque monochromes à dominante noire et grise et des formes planes qui détruisent l'illusion et révèlent la vérité, s'y était suicidé, dix ans auparavant, en 1970…

Dans le Park, le héros austérien se raconte malgré lui des histoires, celles des autres et les siennes. Nécessité humaine de l'histoire. Besoin qui naît de l'enfance. Besoin qui se prolonge, qui construit l'être humain et les nations. Qui fait du livre un simulacre nécessaire et de la littérature un mensonge qui dit la vérité. Comme celle du parc dans lequel Fogg recoupe à sa manière le cerisier de George Washington – ce *gentleman farmer* devenu président des États-Unis. Peu importe que l'histoire du cerisier coupé par l'enfant soit une légende, une fable nécessaire fabriquée *a posteriori*. Peu importe que la nature de Central Park soit importée, que le labyrinthe de ravines et de rochers du Ramble n'ait rien de « naturel »… Les oiseaux qui nichent autour du Pond, cet étang en forme de croissant, sont bien réels (on en a dénombré plus de deux cent cinquante espèces !) ; tout comme le couple d'éperviers observé à la jumelle depuis

Face à son père lui demandant qui a coupé le cerisier, George Washington reconnaît immédiatement sa faute. Un futur président ne peut mentir…

Central Park. Dans la rue, on vit par le regard des autres ; dans le parc, on peut s'appréhender « sur le seul plan de ce qui se passe au-dedans de soi » (*Moon Palace*), pour perdre son corps et retrouver son âme.

Central Park et qui a trouvé refuge sur l'arche d'une des fenêtres d'un immeuble néoclassique de la 73e rue est – préférant sans doute la proximité de l'appartement occupé par Woody Allen aux ramures verdoyantes des arbres de Central Park ! À Central Park, la nature reprend ses droits de nature et Fogg y accomplit le souhait de Spinoza, qui enchantait tant Jorge Luis Borges : la pierre qui veut devenir la pierre, la pierre éternellement dans la pierre de son être, la pierre devenue pierre, Fogg devenu Fogg – « C'est ici que commence, me dis-je, c'est ici que débute ma vie. »

Columbus Columbia

*Upper West Side : la « plénitude » de l'humanité s'y trouve rassemblée. Une grande hétérogénéité. Des gens des quatre coins du monde et qui habitent ensemble dans le même quartier.**

PAUL AUSTER.

Existe-t-il une figuration de la cité idéale ? Non point tant venue du souvenir biblique des murailles de Jéricho, ni de cette différence fondamentale que crée, dans le paysage urbain, la présence « extraordinaire » de la construction, ni du mythe réel d'une cité merveilleuse, mais d'autre chose, qui viendrait d'ailleurs, qui aurait ses propres raisons d'existence ? Sans doute sans géométrie ni histoire… peut-être sans héritage, sans fondation… Évoquant avec Paul Auster l'étrangeté de la Pierpont Morgan Library, ouvrant son palais décalé de style Renaissance sur Madison Avenue (angle de la 36e rue est), nous en vînmes à parler du *Voyage d'Anna Blume* et de la ville d'Anna Blume, avec ses grappes de barricades à péage, ses rues au nom étrange – Memory Avenue, Pyramid Road, Filament Square, Circus Lane, Dictionary Place, Muldoon Boulevard, etc. –, ses zones de recensement, ses petites allées et ses chemins de terre. Je trouvais que New York, dans ce roman au titre américain si puissant – *In the Country of Last Things* (*Au pays des choses dernières*) –, était à la fois bizarrement présent et absent ; qu'il serait absurde de prendre au pied de la lettre l'assertion selon laquelle, dans *Revenants*, l'adresse de l'appartement que Blanc a loué pour Bleu « n'a pas d'importance », tout comme il serait naïf d'affirmer que la *Trilogie new-yorkaise* se passe à New York parce que le titre le laisse supposer. La réponse de Paul Auster nous éclaire quelque peu, et sur sa méthode de travail et sur les rapports, évidemment ambigus, qu'il entretient avec sa ville : « On y retrouve New York, mais aussi d'autres villes, des capitales d'Europe de l'Est ou sud-américaines.* » Il s'agit donc d'une combinaison, d'un amalgame, d'une construction dans lesquels entrent le souvenir de lectures et de sensations, des citations, des impressions : un échafaudage.

La ville selon Auster est retranchée et ouverte, et la zone qui s'étend à l'ouest de Central Park, de Columbus Circle à Columbia University, nous donne de précieux renseignements quant aux raisons et à la manière qui ont permis à ce New York de se constituer. Si l'histoire de la ville nous rappelle que l'Upper West Side ne prit véritablement son essor qu'avec la construction du métro aérien de la 9e avenue, à partir de 1870, la biographie austérienne nous révèle que le périmètre Upper West Side-Morningside Heights joua, dans la vie de notre auteur, un rôle primordial. La figuration de sa cité idéale en quatre points sentimentaux, dont les deux premiers sont le 6, Varick Street et Central Park, et le quatrième, Brooklyn, passe par ce lieu des transformations, délimité d'un côté par Central Park et de l'autre par l'Hudson River, sans oublier la ligne de partage qui s'avance de la petite enfance au seuil de l'âge adulte. La figuration de la cité idéale se nourrit de la mémoire.

À l'intersection de Broadway, Central Park West, 8e avenue et 59e rue, se dresse depuis 1892 une colonne en marbre de Carrare que vint couronner, deux ans plus tard, une statue de Christophe Colomb par Gaetano Russo. Bien que « le Grand Navigateur en personne » ne voie plus passer le métro aujourd'hui disparu, il contemple toujours, du haut de sa colonne, « le tourbillon incessant et bruyant des piétons et des véhicules à moteur ». Comme le jeune Karl Rossmann, accoudé à son balcon, Paul Auster enfant fut, lui aussi, captivé, fasciné, effaré par ce tournoiement ininterrompu. Et le regard de Paul, rejoignant celui de Karl, était comme celui d'un enfant « qui a fixé trop longtemps un tourbillon et ne parvient plus à en détacher ses yeux ». Paul Auster évoque, dans *L'Invention de la solitude*, « ce grand immeuble trapu et biscornu » et les heures qu'il passa aux fenêtres du sixième étage à assister aux défilés du Thanksgiving, à suivre la construction du Colosseum (1965), à compter les passants. Il y retourna et y habita six à sept semaines, en 1979 : « Son grand-père a vécu deux ou trois semaines encore. Son fils hors de danger, son mariage dans une impasse définitive, A. s'est réinstallé à Columbus Circle. Ces journées doivent être les pires qu'il ait connues. Il était incapable de travailler, incapable de penser. Il se négligeait, se nourrissait mal (repas surgelés, pizzas, nouilles chinoises à emporter), et abandonnait l'appartement à son sort : linge sale entassé dans un coin de la chambre à coucher, vaisselle empilée sur l'évier de la cuisine. »

Mais cet immeuble a une histoire, singulière. À la fin janvier 1941, Saint-Exupéry quitte le Ritz-Carlton et s'installe au vingt-septième étage de l'immeuble du 240, Central Park South, où habite déjà Maurice Maeterlinck. L'immeuble des grands-parents de Paul Auster était un lieu « fréquenté » puisque Consuelo, séparée d'Antoine de Saint-Exupéry, qui habitait, elle, au vingt-sixième étage, recevait régulièrement Breton, Ernst, Duchamp, Dalí, Miró, Tanguy, etc. Saint-Exupéry quittera les lieux, en février 1943, et s'installera à Beekman Place, dans l'ancienne maison de Greta Garbo. Il y corrigera les épreuves du *Petit Prince* – qu'il avait écrit au… 240, Central Park South – avec Annabella…

Columbus Circle joue un peu le rôle d'un colosse voyageur qui réglerait le passage vers l'Upper West Side. De l'immeuble d'enfance à l'université de l'adolescence, le temps qui passe est figuré par des rues, des appartements traversés, occupés par les personnages de Paul Auster et par Auster lui-même. Max Klein y habite. Il parle de ce quartier comme d'une sorte « d'arche de Noé » qui abrite presque toutes les espèces existant à New York : « Il y avait des Blancs, des Noirs, des Jaunes et quelques nuances intermédiaires. Il y avait des familles, des couples mixtes, deux couples d'hommes, un couple de femmes et des gens qui vivaient seuls. Il y avait ceux qui exerçaient une profession libérale, ceux qui étaient salariés et ceux qui ne travaillaient pas du tout. »

Des épisodes essentiels de *Moon Palace* et de *Cité de verre* se déroulent ici. Fogg, engagé par Effing, afin, notamment, de le promener dans la ville, comprend petit à petit le motif de ces étranges excursions citadines. Dès qu'il a appris à manipuler le fauteuil roulant et qu'il peut ainsi monter sur les trottoirs et en descendre, Fogg pousse l'infirme Effing qui délimite des zones de repérage. La première d'entre elles, réalisée en plein hiver, a lieu dans le voisinage immédiat de l'appartement : « West End Avenue, Broadway, les rues transversales, des soixante-dix aux quatre-vingts » (*Moon Palace*). La mission est, en apparence, simple : Effing désigne, de sa canne, des objets divers et demande à Fogg de les lui décrire. Mais l'aveugle ne se contente pas de description approximative, « il exige sur tout cela des rapports précis », rapporte Fogg. « Je veux voir ce que nous regardons, sacredieu, je veux que vous me rendiez ces objets perceptibles », hurle Effing en s'impatientant. Cette déambulation en quête d'objets, ce quadrillage particulier d'une ville déjà quadrillée se retrouve dans les parcours de Stillman. Ce regard, en permanence rivé au sol, suggère à Quinn observant Stillman une comparaison : on dirait un « archéologue sur un site préhistorique ». Tout comme Effing, Stillman circonscrit une zone avec exactitude : « Limitée au nord par la 110e rue, au sud par la 72e, à l'ouest par Riverside Park et à l'est par Amsterdam Avenue » (*Cité de verre*). Les objets recherchés, ramassés ou décrits n'ont aucune « valeur ». Leur existence passe par la marche et par le regard. D'étranges correspondances circulent de livre en livre, par le biais de ces objets brisés et éparpillés. La vie n'est pas un roman, la vie est un puzzle. Maria Turner, la photographe de *Léviathan*, dont les liens avec Sophie Calle et ses « histoires vraies » (titre de son livre paru chez Actes Sud, 1994) ont été attestés – « son sujet, dit Paul Auster, était l'œil, la dramatisation de l'œil qui regarde étant regardé » –, invente des vies sur la base d'indices photographiques recollés comme des morceaux. Étoffe déchirée, tache de sang, ticket froissé, objets éparpillés dans une chambre : c'est pour ainsi dire une « archéologie du présent, une tentative de reconstituer l'essence de quelque chose à partir des fragments les plus nus ». Anna Blume travaille un temps comme « chasseur d'objets ». Elle aussi baisse les yeux et ne se fie, dans son appréhension de l'objet, qu'au hasard : « C'est une chose bizarre, me semble-t-il, d'avoir constamment le regard baissé vers le sol, d'être toujours à la recherche de choses brisées et mises au rebut. » Un poème du recueil *Disparitions*, qu'il faut citer dans son intégralité, fait le lien entre la ville dépotoir, les objets qu'on y trouve et la personne qui les ramasse, qui est elle-même une ville et un objet, brisé, ébréché, rejeté.

> Et de chaque objet qu'il a vu
> il parlera
>
> aveuglant
> recensement de pierres,
> même au moment de la mort –
> comme sans autre raison
> que le fait qu'il parle.
>
> Par conséquent, il dit je,
> et se compte
> dans tout ce qu'il exclut,
>
> qui n'est rien,
>
> et parce qu'il n'est rien
> il peut parler, ce qui
> veut dire
> qu'il n'y a pas d'échappatoire
>
> à la parole qui est née
> dans l'œil. Et qu'il le veuille ou non,
> il n'y a pas d'échappatoire.

Dans *L'Invention de la solitude*, Paul Auster raconte qu'il a croisé Francis Ponge deux fois dans sa vie. La première, dans l'appartement de ses futurs beaux-parents, à Morningside Heights, alors qu'il était âgé de dix-neuf ans à peine, et la seconde fois, vingt ans après. Paul Auster est surpris par le fait que Francis Ponge se souvienne, dans les moindres détails, de la première rencontre. Il en conclut qu'aucune séparation, chez ce dernier, n'existe entre le fait d'écrire et celui de regarder : « Car on ne peut pas écrire un seul mot sans l'avoir d'abord vu, et avant de trouver le chemin de la page, un mot doit d'abord avoir fait partie du corps, présence physique avec laquelle on vit de la même façon qu'on vit avec son cœur, son estomac et son cerveau. »

Tout est dit, sans doute. Écrire, c'est marcher. Marcher en ramassant des mots ou des objets. Les mots comme les objets sont des éléments à regrouper, à chercher. Des mots ébréchés ou fracassés, des mots pulvérisés ou écrasés. Écrire, c'est donner un nom aux objets. « J'invente des mots nouveaux qui correspondent à la chose », dit Stillman. Dans la ville, il y aurait donc une archéologie du présent à vivre ? Dans la ville, l'objet exclu et cabossé rejoindrait le sans-logis, exclu et cabossé ? « Je ne sais pas pourquoi ces objets brisés et ramassés me fascinent. Mais, c'est vrai, c'est un fait…* »

L'une des bornes de ce côté ouest, de Colomb à Columbia, est l'Hudson River. La rivière qui coule à l'ouest et qui n'est pas l'East River qu'Herbert Lieberman voit se dérouler « comme un tapis sale ». À hauteur de Riverside Park, le fleuve parcouru de péniches qui remontent ou descendent le courant, de remorqueurs, de voiliers, de bateaux à moteur, de mouettes qui décrivent de grands cercles dans le ciel, rappelle une nouvelle fois que New York est aussi une ville d'eau. Stillman, qui dessine dans New York une carte étrange d'où se détache le mot Babel, commence son hiéroglyphique dessin dans les « méandres de Riverside Park » et, lorsque Quinn le rencontre, en plein après-midi, c'est dans ce même parc imaginé, lui aussi, par Frederick Law Olmsted, l'architecte paysagiste de Central Park, en 1880. Le borde une rue agréable, large, ombragée, qui reste par endroits préservée, où Henry James ne voyait que les marques d'une « énorme ville déchiquetée », et, dans la désinvolture vulgaire faisant se côtoyer petites maisons individuelles, gros hôtels d'appartements et gratte-ciel fatals, qu'un dessin « semblable à celui de notre peigne édenté ».

Dans *Cité de verre*, Quinn remarque qu'un certain Paul Auster habite sur Riverside Drive, dans un immeuble qui « se trouvait au milieu du long pâté de maisons qui va de la 116e à la 119e rue, juste au sud du tombeau de Grant et de l'église de Riverside ». Max Klein vit dans un immeuble « au coin de la 116e rue et de Morningside Drive ». Dans *La Chambre dérobée*, Sophie Fanshawe déménage « en février » dans un appartement du Riverside Drive ; tandis que dans *L'Invention de la solitude*, on peut lire que « A. et sa femme s'étaient installés dans un immeuble de Riverside Drive ». Paul Auster confirme le lien existant entre lieux romanesques et lieux autobiographiques. Après son retour de France, en 1974, il a habité deux ans à Riverside Drive, dans un appartement dont la terrasse donne sur l'Hudson River. Il découvre alors, ou redécouvre, ce qu'il savait déjà confusément : « New York est une ville entourée d'eau.* »

À mesure que le temps de l'enfance s'éloigne, nous nous enfonçons davantage encore dans cet

Upper Side Story où le lieu se densifie, où l'angoisse s'installe doucement. La ville change, s'étale ; la présence du fleuve et des parcs s'éloigne. Le trafic automobile a remplacé le clapotement de l'eau. La couleur même des immeubles s'en trouve modifiée, tout comme la vitesse dans les rues et sur les trottoirs l'allure des piétons. Broadway change une nouvelle fois de peau, doublé à sa droite par Amsterdam Avenue, qui d'un côté délaisse Upper West Side et de l'autre pénètre dans Morningside Heights, quartier historique qui s'appelait jadis Harlem Heights – lieu d'une bataille célèbre remportée le 16 septembre 1776 par Washington sur les troupes britanniques qui s'emparèrent toutefois de la ville de New York. Morningside Heights est un quartier fondamental pour Paul Auster qui y vécut huit ans. Trois romans y font très largement référence.

Cité de verre : la deuxième rencontre entre Stillman et Quinn a lieu au café Mayflower, tout près de l'hôtel Harmony, lui-même à l'angle de la 99e rue et de Broadway. Stillman a l'habitude de dîner à l'Apollo, « un bistrot à l'angle de la 97e rue et de Broadway ». Lorsque Quinn surveille la porte de l'hôtel où est descendu Stillman, il est posté « sur un banc au milieu du refuge pour piétons de Broadway, au niveau de la 99e rue ». Enfin, on sait que l'appartement de Quinn, qu'il retrouve un jour occupé par une jeune femme « en uniforme blanc d'infirmière », se situe sur la 107e rue.

Dans *Léviathan*, Fanny, qui a travaillé comme employée de bureau temporaire à Manhattan, occupe un petit appartement dans la 112e rue

Extrait de la bande dessinée *Cité de verre*. Dans *Léviathan*, Fanny habite dans la 112ᵉ rue ouest, et Peter Aron, à quelques rues de là, dans la 107ᵉ rue ouest. Dans *Cité de verre*, Quinn habite aussi dans un appartement de la 107ᵉ rue. Au chapitre 12, il y retourne et ne le reconnaît plus : une infirmière désormais l'occupe.

ouest. Nous sommes en 1968 et Peter Aaron, lui aussi étudiant en année de licence, ne sait pas qu'il recroisera plus tard une jeune femme dont l'élégance avait quelque chose d'intimidant et qui l'attirait. Il habite alors un appartement « à cinq rues de chez elle, dans la 107ᵉ rue ouest ».

Moon Palace, enfin – qui voit Zimmer vivre au coin d'Amsterdam Avenue et de la 120ᵉ rue, et Fogg assister, devant un poste de télévision du Quinn's Bar & Grill, « un petit bistrot au coin sud-est de la 108e rue », aux premiers pas de l'homme sur la lune –, reste avant tout le roman du mythique Moon Palace que Fogg aperçoit de son studio « au cinquième étage d'un grand immeuble avec ascenseur » dans la 112e rue ouest. Les lettres au néon roses et bleues du restaurant le Moon Palace n'existent plus, l'hôtel Harmony a aujourd'hui disparu – « Sur le mur de brique d'un grand immeuble, à la hauteur de Broadway, on pouvait lire, en lettres peintes : *The Hotel Harmony where living is a pleasure** », dit Paul Auster. Le lieu était minable. On y croisait des pauvres gens et des ivrognes, des miteux, des paumés.

Paul Auster a en fait vécu à deux reprises sur la 107e rue ouest. La première fois au numéro 311, durant un an ; la seconde fois au 262. Il résida ensuite au numéro 601 de la 115e rue ouest et enfin, comme nous l'indiquions ci-dessus, sur Riverside Drive, au 456. C'est, comme le lecteur attentif l'aura déjà remarqué, l'adresse d'Auster dans *Cité de verre*.

Max Klein, qui habite dans un immeuble, au coin de la 116e rue et de Morningside Drive, observe que presque tous ceux qui vivent là entretiennent un rapport quelconque avec Columbia : « Les bâtiments se dressaient comme une sorte de forteresse sur les Heights, séparant la communauté universitaire du monde qui s'étendait à ses pieds. » De Colomb à Columbia. Nous y voilà. Auster y fut étudiant de 1965 à 1970. Des années cruciales. Des années difficiles dans ce lieu imposant, massif. D'un côté, la « Magnifique Embouchure » (Henry James), la beauté de l'Hudson River ; de l'autre, les

Le Moon Palace, aujourd'hui disparu. Photographie prise par Paul Auster. « De temps à autre, je me plantais entre les deux fenêtres pour regarder l'enseigne du Moon Palace. Même cela me donnait du plaisir, et semblait toujours susciter une série de pensées intéressantes » (*Moon Palace*).

mauvaises herbes de Morningside Park, les affleurements granitiques descendant jusqu'à Harlem et ses quartiers pauvres. Au nord, Broadway, l'avenue indienne qui devient pont, traverse l'Harlem River et rejoint le Bronx. Au sud,

Amsterdam Avenue, qui descend vers l'Hudson River, de l'eau encore, et qui a pris au passage le nom de 10e avenue. Il faut emprunter, à hauteur de la 116e rue ouest, la passerelle qui relie les bâtiments anciens aux bâtiments modernes, et regarder vers le sud et vers le nord la ville qui s'ouvre, qui traverse le savoir. Comme si un architecte futuriste, émule d'Harvey Willey Corbett, avait pensé cela. La passerelle a un nom : la Charles H. Revson Plaza. Édifiée en 1964, elle porte la marque de son temps : elle est laide. Malgré la sculpture d'Henry Moore, *Three way piece points*, qui est là en plein vent. Mais si l'on regarde vers la gauche, en direction de la chapelle Saint Paul, on remarque une sculpture étrange, offerte à « William J. ("Wild Bill") Donovan '05C, '07L… », par ses « collègues et amis ». Sculpté par Kees Verkade, ce bronze intitulé *Tightrope Walker* ne représente rien d'autre qu'un funambule qui marche, tenant un homme sur ses épaules : Paul Auster et Philippe Petit ? Tout près, au numéro 2911 de Broadway entre les 113e et 114e rues, se trouve le West End Café, celui de la Beat Generation. Jack Kerouac et Allen Gingsberg étudièrent à Columbia.

Fondée en 1754 sous le nom de « King's College », Columbia University compte aujourd'hui une soixantaine de bâtiments dont les éléments principaux restent la Low Library, la Butler Library, The School of Journalism et la Saint Paul's Chapel. Dans ce quartier qui, comme le fait remarquer Max Klein, « n'abrite pas beaucoup de touristes », la vie tout entière semble se concentrer dans ce

« Toute la journée, en regardant les images horribles sur l'écran de télévision et la fumée à travers la fenêtre, j'ai pensé à mon ami, le funambule Philippe Petit, qui évoluait entre les tours du World Trade Center en août 1974, juste après que les travaux de construction des tours eurent été achevés. »

rectangle de quinze hectares. Microcosme envoûtant dont le même Max Klein donne une définition des plus intéressantes : « Retourner à Morningside Heights ne me procurait jamais beaucoup de plaisir. J'avais passé là sept années de ma vie et au bout de sept ans, même la plus délicieuse des liaisons peut virer à l'aigre. Les institutions universitaires sont, au mieux, des endroits lugubres, et Columbia n'était pas la mieux lotie. L'imposante architecture pseudo-classique encombrant le petit campus faisait penser à un troupeau d'éléphants invités à un cocktail sur un court de tennis et les nouveaux bâtiments érigés durant les quinze ou vingt dernières années n'arrangeaient pas les choses. La fac de droit, par exemple, ressemblait à un toaster. Les étudiants y entraient comme des morceaux de pain bien frais et en ressortaient en miettes carbonisées trois ans plus tard. »

Impression générale qui n'est pas loin de rejoindre les sentiments éprouvés par Paul Auster à l'égard de ce lieu du passé. Sa première année d'études à Columbia est évoquée dans *La Chambre dérobée*, à travers le buste de Lorenzo da Ponte, érigé dans le « lobby » de la Casa Italiana, devant lequel il passe tous les jours pour se rendre à ses cours, mais aussi dans *Moon Palace* : « Je suis arrivé à New York à l'automne 1965. J'avais alors dix-huit ans, et durant les neuf premiers mois j'ai habité dans une résidence universitaire. À Columbia, tous les étudiants de première année étrangers à la ville devaient obligatoirement résider sur le campus, mais dès la fin de la session j'ai déménagé dans un appartement de la 112ᵉ rue ouest. C'est là que j'ai passé les trois années suivantes. Compte tenu des difficultés auxquelles j'ai dû faire face, il est miraculeux que j'aie tenu aussi longtemps. »

Entre l'été 1967 et l'été 1969, Fogg vend une partie des livres laissés par l'oncle Victor dans la librairie Chandler, « juste en face du campus, sur Broadway ». C'est à Dodge Hall, sous le regard du faune cornu lascivement allongé, « sur une fiche placée dans le coin inférieur gauche du panneau d'information », qu'il lit l'annonce d'Effing : « Monsieur âgé en chaise roulante cherche jeune homme pour office de compagnon à domicile. Promenades quotidiennes, un peu de secrétariat. Cinquante dollars par semaine, logé et nourri. » C'est à Columbia encore qu'il envisage de suivre des « cours de bibliothécaire » (mensonge adressé à Effing qui « par désir d'harmonie » rentre dans son jeu)... La bibliothèque de l'université de Columbia est d'ailleurs au centre des pérégrinations austériennes. C'est là que Quinn lit le livre de Stillman (il fut professeur à Columbia), *Le Jardin et la Tour* – premières visions du Nouveau Monde –, et retrouve alors le silence réconfortant des couloirs de marbre, « comme si on lui avait permis de pénétrer dans quelque crypte de l'oubli ». Quant à l'épisode de la Bibliothèque nationale, relaté dans *Le Voyage d'Anna Blume*, édifice splendide pourvu d'un hall vaste et impressionnant, il nous rappelle que Paul Auster a travaillé à la bibliothèque de Columbia plusieurs jours par semaine pendant un an, et qu'il a bel et

Paul Auster lors du voyage qu'il effectua à Paris en 1967.
En toile de fond, la place Saint-Sulpice.

bien utilisé ses souvenirs pour écrire certaines pages de *In the Country of Last Things*. Seul parmi les deux millions de volumes que comptait alors la bibliothèque, dans le noir le plus complet ou à la lumière d'ampoules rouges clignotantes lui annonçant qu'un livre lui était retourné ou qu'un ouvrage lui était demandé, il s'y livra, selon ses propres termes, teintés d'une tendre ironie, « à des rêveries sexuelles* » d'une intensité « qu'il n'éprouva plus jamais par la suite ».

De Colomb à Columbia, de l'immeuble biscornu, lieu d'observation, à l'imposante université dont l'*Alma Mater* (œuvre de Daniel Chester French) peut s'enorgueillir de cinquante-trois prix Nobel, que de chemin parcouru, que de souvenirs qui vont nourrir des livres futurs ! Que d'années difficiles, que de solitude. Federico García Lorca, qui séjourna à New York de juin 1929 à février 1930, s'inscrivit à l'université de Columbia et occupa une chambre sur le campus de Furnald Hall. La lettre enthousiaste qu'il envoie à ses parents quelques jours après son arrivée, et dans laquelle il brosse un tableau idyllique de sa situation, cache avec habileté un désespoir profond : « L'université est prodigieuse. Elle est située au bord de l'Hudson au centre de la ville, sur l'île de Manhattan, qui est la plus belle partie, et tout près des principales avenues. Et pourtant, on y jouit d'un calme délicieux. Ma chambre est au neuvième étage et donne sur le vaste terrain de sport, avec son herbe verte et ses statues. » La solitude, l'amertume, la cadence infernale de la métropole, les foules qui se pressent dans les rues lui feront écrire des poèmes parmi les plus sombres et les plus désespérés de son œuvre. Sans aller jusqu'à ces extrémités, le souvenir que Paul Auster garde tout à la fois de ce quartier et de ses années d'université est emprunt d'une certaine mélancolie douloureuse. Morningside Heights clôt un cycle qui s'ouvre sur Brooklyn : « J'aurai finalement habité huit années dans le quartier de Morningside Heights : un sixième de ma vie !* »

Pages suivantes : Université de Columbia, 1968. « Un jour, la police a envahi le campus. Comme beaucoup d'autres, j'ai été arrêté… Mais comment dire… Je n'ai jamais été un membre très actif, j'étais une sorte de témoin-participant. Je savais déjà que ma place dans le monde était celle de l'écrivain. Ces années ont constitué une sorte d'éducation terrible et extraordinaire.* »

Brooklyn, ou la chronique de mon petit coin

*Je vis à Brooklyn depuis seize ans. J'aime ce quartier. Avec toutes ses langues et toutes ses cultures. Il est calme et ne se prend pas au sérieux.**

PAUL AUSTER.

Pour passer de Manhattan à Brooklyn, il faut emprunter le célèbre pont qui était, lors de son achèvement en 1883, le plus grand pont suspendu du monde et assurait la première liaison terrestre avec Manhattan.

Il est certains lieux qui génèrent des mythes, qui fabriquent de l'éternelle fiction : le pont de Brooklyn, qui fêta en mai 1996 son cent treizième anniversaire, est de ceux-là. Commencé en 1869, il ne fut terminé que quatorze ans plus tard. Paul Auster, qui avoue être fasciné par l'histoire du pont, raconte dans *Revenants* comment l'architecte John Roebling mourut, en moins de trois semaines, d'une gangrène contractée après que son pied eut été écrasé par un ferry-boat contre le pilotis de l'embarcadère, et comment son fils, Washington Roebling, ayant pris sa succession, faillit mourir dans l'incendie qui s'était développé dans un des caissons immergés. Partiellement paralysé, il suivit l'évolution des travaux de ses bureaux de Brooklyn Heights, aidé de sa femme qui prit alors la direction du chantier ! Depuis, le pont n'a cessé de fabriquer contes et légendes. Ses suspensoirs verticaux révolutionnaires, sa passerelle surélevée, ses deux doubles arches néogothiques hautes de quatre-vingt-quatre mètres et ses mille quatre-vingt-onze mètres de long inspirèrent poètes et aventuriers, peintres et cinéastes, photographes, écrivains, etc. Incidents, morts, paniques, coups d'éclat, feu d'artifices jalonnent son histoire. Elizabeth Bishop écrit, en 1955 : « De Brooklyn, prends le pont par cette belle matinée, je t'en prie, vole vers moi » (*Invite à Miss Marianne Moore*). O. Louis Guglielmi en donne, dans *A Muted Street* (1942), une version désolée, et Joseph Stella, avant lui, dans *The Brooklyn Bridge : Variation on an old theme* (1939), une vision géométrique, déconstruite, lumineuse. La liste serait interminable des héros malheureux qui tentèrent le saut dans le vide. Robert Odlum fut le premier d'entre eux. Le 19 mai 1885, arborant sur la poitrine un maillot frappé des initiales REO, il sauta du pont et mourut d'une hémorragie interne. Steve Brodie vainquit le monstre, le 24 juillet 1886. Lorsqu'on demanda à son père ce qu'il pensait de l'exploit de son fils, il se contenta de mar-

Washington Roebling. Victime d'un accident, il observa la fin du chantier au moyen d'un télescope, cloué sur une chaise depuis sa maison de Brooklyn Heights.

monner : « Sauter *du* pont ? N'importe quel imbécile peut le faire. Je pensais qu'il avait sauté *par-dessus* ! »

Chacun, à sa manière, tente de franchir l'obstacle, conscient que le passage est une épreuve. Dans *Nosferatu le Vampire*, le film de Murnau, un intertitre avait bouleversé les surréalistes : « Et quand il fut de l'autre côté du pont, les fantômes vinrent à sa rencontre. » S'il est vrai que la passerelle surélevée, au-dessus de la chaussée empruntée par les voitures, permet de dire avec Walt Whitman que la vue qui s'offre à nous est pour l'âme « le meilleur et le plus efficace des remèdes », on peut aussi, la lecture de Paul Auster et les interrogations qu'elle suscite aidant, appréhender le pont sous un tout autre angle. Plus métaphysique. Plus sombre. Avec les couleurs, de brume et de gris vert, qui sont celles choisies par Hopper pour peindre le Queensborough Bridge qui relie Sutton à Queens en surplombant Roosevelt Island.

On sait combien la chute est une question centrale dans l'œuvre d'un auteur qui, pense-t-il, « a été conçu aux chutes du Niagara » (*L'Invention de la solitude*), « point de chute » romantico-traditionnel des jeunes mariés américains aussi couru que Venise pour les couples européens. Elle est, à plusieurs reprises, évoquée conjointement au pont de Brooklyn, car celui-ci, comme le dit Ben Sachs à Peter Aaron, mortifié à l'idée de lui avouer qu'il a couché avec Fanny, est un endroit « qui a une valeur scénique appropriée » (*Léviathan*). Dans *Cité de verre*, Quinn apprend (au téléphone, comme souvent chez Auster quand il s'agit d'événements qui changent profondément la vie) que Stillman s'est suicidé, deux mois auparavant, en sautant du pont de Brooklyn : « Il paraît qu'il est mort en l'air, avant même de toucher l'eau. » Et lorsque Bleu, dans *Revenants*, se réjouit de voir Noir quitter de bon matin les rues étroites de Brooklyn Heights pour s'engager sur le passage pour piétons du pont, il se met soudain en tête qu'il pourrait avoir l'intention de sauter : « Ce sont des choses qui arrivent, se dit-il. Un homme qui monte jusqu'au point le plus élevé du pont, qui

« Passer de Manhattan à Brooklyn en empruntant le pont, c'est comme pénétrer dans un autre monde. Chaque fois que je le traverse, je me sens heureux.* »

lance un dernier regard au monde à travers le vent et les nuages, puis se jette à l'eau. Ses os se brisent contre la surface, son corps se disloque. » La chute, oui, l'art de la chute fait de ce lieu une zone des transformations, du regard, de l'attente ; une zone plastique. Charles Reznikoff, dans le recueil de poèmes *Rythmes*, écrit en 1918 : « Sur le pont de Brooklyn j'ai vu un homme tomber mort / Ça n'avait pas plus de sens que s'il était un moineau / Au-dessus de nous se dressait Manhattan / Au-dessous la rivière s'ouvrait et touchait ciel et mer. »

Afin d'écarter une vieille chimère d'école – l'horreur de la nature pour le vide –, Pascal inventa trois expériences dont l'une dite « du vide dans le vide ». Ainsi, son univers matériel et spirituel, au-delà même de l'invention du baromètre, fruit d'une psychologie intellectuelle géomètre et mathématicienne, était-il semblable à l'univers de Dante, avec ses grands cercles concentriques dont on ne s'échappe que par miracle. Lecteur passionné des *Pensées*, Paul Auster, à l'image du frère des gens de Port-Royal qui pilla, bien qu'en s'en démarquant, son maître Montaigne et imita le plus âpre Pierre Charron, attribue à la « folle du logis » une infinité d'effets hétéroclites, de fausses apparences, de « piperies », et cela d'autant plus que l'imagination n'est pas toujours maîtresse d'erreurs. Parmi ces effets, le vertige sur une poutre en est une.

Pour sortir de l'ennui qui, notons-le au passage, fut la maladie de l'époque classique – Pascal en fait le second élément de la triade humaine : « Condition de l'homme : inconstance, ennui, inquiétude » –, le héros austérien n'hésite pas à sauter dans le vide. « Il court sans souci dans le précipice », trouve une étrange rédemption dans la chute. Entre le ciel et l'eau, le ciel et la terre, il ne place que sa vie qui est la chose du monde la plus fragile. Dès les premières pages de *La Musique du hasard*, Nashe, estimant n'avoir plus rien à perdre, se lance, sans le moindre frisson d'inquiétude, « ferme les yeux et saute ». Dans *Moon Palace*, « Képler tombe du haut d'une falaise, se casse de nombreux os et sombre dans l'inconscience » ; quelques pages plus loin, Barber fait une chute, « se casse le dos en tombant dans une fosse qui venait d'être creusée » et meurt quelques semaines plus tard, amaigri, transformé, un deuxième Barber apparaissant, « un Barber secret, enfoui depuis des années au fond de ce corps ». Dans *Le Voyage d'Anna Blume*, Anna saute par la fenêtre à travers la vitre, à la suite du Sauteur Ferdinand « qui marche audacieusement vers le précipice la tête haute ». Dans *Léviathan*, Benjamin Sachs « bascule par-dessus la balustrade ». Quant au petit mendiant orphelin découvert dans les rues de Saint Louis par maître Yehudi (*Mr. Vertigo*), il propose une chute inversée : il marche sur l'eau et réussit de prodigieux exercices de lévitation. Faut-il rappeler que dans l'une des trois versions de la mort du grand-père paternel, celui-ci « tombe d'une échelle » ?…

L'obsession de la chute, récurrente chez beaucoup de ses personnages, est autant celle de l'homme que celle de l'être familial, celle du père notamment, évoquée en ces termes par Paul Auster dans son fameux *Red Notebook* (*Le Carnet rouge*) : « Mon père travaillait sur le toit d'un immeuble à Jersey City. Pour une raison ou une autre (je n'en ai pas été témoin), il a glissé du rebord et fait le plongeon vers le sol. Une fois encore, il allait à la catastrophe, et une fois encore, il s'en est sorti. Une corde à linge a amorti sa chute, et il s'est tiré de cet accident avec quelques plaies et bosses. Sans même une commotion. Sans la moindre fracture. » Ce souvenir n'a jamais quitté Paul Auster. Comme celui d'un certain faux héros d'Albert Camus, lequel, témoin d'un drame muet – le bruit d'un corps penché sur un parapet et qui finit par s'abattre sur l'eau –, en fait la confession dans un bar d'Amsterdam.

La chute selon Auster baigne tous ses romans de l'atmosphère d'une terrible innocence d'après la faute. En accédant à l'âge adulte, ses personnages ne découvrent aucune sagesse, sinon celle du vide, comme est vide l'océan Pacifique face auquel se tient le héros de *Moon Palace* à la dernière page du livre. Regardant sans les voir l'Orient et la Chine, il observe son propre vide. Celui des conspirations du destin après la chute. Avec, au cœur de ces pistes brouillées, un léger espoir : « J'avais sauté du haut d'une falaise, et puis, juste au moment où j'allais m'écraser en bas, il s'est passé un événement extraordinaire : j'ai appris que des gens m'aimaient. D'être aimé ainsi, cela fait toute la différence. Cela ne diminue pas la terreur de la chute, mais cela donne une perspective nouvelle à la signification de cette terreur. J'avais sauté de la falaise, et puis, au tout dernier moment, quelque chose s'est interposé et m'a rattrapé en plein vol. Quelque chose que je définis comme l'amour. C'est la seule force qui peut stopper un homme dans sa chute, la seule qui soit assez puissante pour nier les lois de la gravité. »

Le pont de Brooklyn franchi, la petite caserne de pompiers d'Old Fulton Street laissée, en contrebas du pont à sa droite, le promeneur averti ne manquera pas de s'arrêter dans Brooklyn Heights, une des plus anciennes banlieues de la ville, tout droit venue du XIXe siècle et dont un périmètre miraculeusement préservé donne une idée de ce que devait être la vie ici, il y a cent cinquante ans. En 1810, le petit village de Brooklyn, descendant direct du *Breukelen*, cette « terre coupée » fondée en 1636 par les colons hollandais et qui constituait déjà un monde à part, où l'East River achève sa course pour se confondre dans les eaux de la baie de New York, comptait moins de trois mille âmes. Quand commence la construction du pont de Brooklyn, les six lignes de ferry, entre Brooklyn et Manhattan, propriété de la Robert Fulton's Steam-Powered Ferryboats, transportent chaque année plus de un million cent dix mille passagers. Après la publication d'une lithographie faisant office de réclame, le *New York Tribune* écrit : « Les ferries deviennent insuffisants au regard de l'immense et toujours croissant va-et-vient de milliers de nos concitoyens. Le pont paraît être la seule solution… » Brooklyn se développe, les riches habitants de Manhattan y ont leur résidence secondaire. En cette époque de voiles blanches et de goélettes, de sloops et de steamers au blanc sillage, Walt Whitman rédige son célèbre poème *Sur le bac de Brooklyn* : « Va, coule rivière ! monte avec le flux et descends avec le reflux ! / Allez, folâtrez, vagues bordées de festons et crêtées d'écumes ! / Nuages somptueux du coucher de soleil ! submergez-moi de votre splendeur, ou bien les générations d'hommes et de femmes après moi ! / Passez de rive à rive, foules sans nombre de passagers ! / Dressez-vous, grands mâts de Manhattan ! / Dressez-vous, belles collines de Brooklyn ! »

Que reste-t-il aujourd'hui de ce quartier et quel rôle joue-t-il chez Paul Auster ? Il apparaît essentiellement dans deux livres. Dans *Léviathan*, de façon fugace et dramatique. Le 4 juillet 1986, « une foule de gens entassés dans les limites d'un appartement exigu de Brooklyn Heights, suant, buvant et chahutant dans la chaleur de l'été », viennent assister au feu d'artifice qui sera tiré pour fêter le centième anniversaire de la statue de la Liberté. C'est au cours de cette soirée que Ben Sachs tombe dans le vide, d'une hauteur de quatre étages.

Revenants consacre à Brooklyn Heights nombre de ses pages. Paul Auster y évoque Walt Whitman et sa maison (aujourd'hui disparue) de Myrtle Avenue, Orange Street et le petit enclos planté d'herbes folles qui ceint l'église Plymouth où le révérend Henry Ward Beecher lançait ses sermons contre l'esclava-

Paul Auster et Gérard de Cortanze devant la Plymouth Church. Au fond, la statue de Henry Ward Beecher. Du haut de sa chaire, le révérend fulminait contre l'esclavage. Chaque fois que Bleu pénètre dans l'enclos de l'église de brique rouge, « sa tête se remplit de nobles pensées sur la dignité de l'homme ».

gisme. Ces pages sont toutes de calme et de souvenir. De Brooklyn Heights, les personnages austériens observent le fleuve et le pont, « les ponts et la crête des immeubles de Manhattan qui se découpent contre le ciel ». À la périphérie de Brooklyn Heights, Paul Auster évoque le bureau de poste de Brooklyn, « un édifice aussi imposant qu'un château » (*Revenants*) où Bleu adresse ses rapports à l'énigmatique boîte numéro mille un ; et dans son film *Smoke*, la « Promenade » avec, à sa droite, le pont de Brooklyn dressé devant Manhattan et, à sa gauche, le port de New York, le ferry de Staten Island et la statue de la Liberté. Dans *Smoke* encore, le désormais fameux Jack's Deli où Auggie raconte à Paul son histoire de Noël, dans *Le Conte d'Auggie Wren*, se trouve sur Atlantic Avenue, au 116 de Court Street.

Bien que Paul Auster n'ait jamais réellement séjourné dans ce quartier, il faut absolument s'y promener. De nombreux écrivains y ont vécu, et il est passionnant de partir à leur recherche tout au long de ces ruelles qui, invariablement, conduisent à l'East River et à l'eau toujours présente… Thomas Wolfe, au 111, Columbia Heights ; Norman Mailer, au 124 et au 142 ; Hart Crane, l'auteur du *Bridge*, au 110, dans la chambre occupée jadis par Washington Roebling ; Truman Capote, au 70, Willow Street ; W. H. Auden, au 1, Montagne Terrace ; Arthur Miller, au 31, Grace Court ; Walt Whitman, au 98, Cranberry Street où il situe *Leaves of Grass* ; quant à Middagh Street, elle abrita, au 7, un groupe d'écrivains dont : Paul Bowles, Carson McCullers, Wystan Hugh Auden. Au 24 de la même rue s'élève une des plus vieilles maisons du quartier, une maison de brique et de bois dont la construction remonte à 1824.

Des Russes de Brighton Beach aux Haïtiens de Crown Heights, de la communauté juive du pont de Williamsburg aux Italiens de Bensonhurst et de Coney Island, Brooklyn est un *special world* aux multiples facettes. À Brooklyn Heights, figé dans le passé – y sont situés, pour cette raison, plusieurs épisodes de *Revenants*, livre dont l'« action » commence très exactement le 3 février 1947 – Paul Auster a préféré, lui, le quartier de Park Slope, victorien et désuet, moitié Londres et moitié Bruxelles, avec ses petites maisons à pilastres et escaliers ornés de balustrades en fer forgé, longeant le Prospect Park West dessiné par Frederick Law Olmsted et Calvert Vaux, les paysagistes de Central Park : « J'aime tous ces gens si divers qui vivent ici : Noirs, Blancs, Jaunes ; toutes les religions, toutes les langues. Mes deux films sont une sorte d'hommage à ce Brooklyn-là, à ce qu'il représente.* » Le Brooklyn de Park Slope, c'est donc celui de la Brooklyn Cigar Compagny : un magasin qui n'était qu'un décor de cinéma, mais dont les étagères furent tout de même remplies de vrais sacs de chewing-gum, de tablettes et de bocaux de bonbons. Un masque derrière un masque. Une ville qui dit adieu à sa réalité imaginaire et qui entre dans le monde d'une fiction réelle. Ville enclose dans l'histoire de sa vie, en devenant l'instrument invisible après avoir déambulé au hasard : *broken land.*

Habitant Brooklyn depuis seize ans, Paul Auster y a connu quatre lieux : Carroll Gardens (au croisement avec Henry Street), Tompkins Place (entre Kane Street et Dejraw Street, non loin du Jack's Deli de *Smoke*), Park Slope (à hauteur de la 3e rue), et aujourd'hui, toujours dans une maison à trois étages, dans ce même quartier de Park Slope. L'appartement occupé par Peter dans *Léviathan* – « au terme de sa sous-location de Varick Street » – correspond à celui qu'Auster occupa en janvier 1980 et qui inaugurait son installation à Brooklyn.

Des références à Park Slope, nombreuses, notamment dans *Léviathan* et dans *Moon Palace*, nous en retiendrons deux. La première est un rappel du parcours effectué par Ben Sachs dans Brooklyn, après la mort de Dimaggio. Il est une heure du matin, Sachs longe le Gowanus Canal, jette la batte de soft-ball avec laquelle il a tué Dimaggio dans une poubelle, « au coin de la 5e avenue et de President Street ». Il lui reste un mile à parcourir pour retrouver Fanny qu'il surprend en train « de se rouler nue sur le lit avec Charles ». Pris de stupeur, il s'enfuit et tente de lui téléphoner, en vain, d'une cabine, « au coin de la 3e rue et de la 7e avenue ». Après avoir appelé Maria, il finit par attendre le premier métro à Grand Army Plaza et par revenir dans le loft de Manhattan. Ce voyage à Brooklyn est une véritable descente aux enfers de la déception et de la mort. Sachs est meurtri et trahi. Il n'a rien vu de Brooklyn et son cœur est comme arraché.

Le trajet suggéré par Effing à Fogg, dans *Moon Palace*, est d'un autre ordre. Nous avons vu, dans le chapitre précédent, qu'Effing, qui avait entamé une carrière de peintre sous le nom de Julian Barber, ayant changé d'identité et devenu aveugle, demandait à son assistant particulier de lui servir tout à la fois de guide et de confident, d'associé et de regard. Lorsqu'il l'envoie au Brooklyn Museum regarder le *Clair de lune* de Ralph Albert Blakelock, toile peinte entre 1885 et 1889, ce voyage est une errance initiatique qui, par bien des côtés, rappelle celle de Fogg dans Central Park ou de Quinn de la 107e rue ouest à la 69e rue est… Le trajet est précis. Il doit prendre le métro jusqu'à la 72e rue, monter dans le *down town express* qui le conduit jusqu'à Grand Army Plaza à Brooklyn, et emprunter l'Eastern Parkway qui le mène au « grand bâtiment de pierre, conçu par Mc Kim, Mead et White », les architectes de Columbia : « Quand vous y serez, montez l'escalier, entrez dans le vestibule et payez votre ticket d'entrée à l'individu en uniforme assis derrière le comptoir. Repérez l'étage où sont exposées les collections permanentes de peinture américaine et rendez-vous dans cette galerie. Dans la deuxième ou troisième salle, vous trouverez sur un des murs le *Clair de lune* de Blakelock. »

Le trajet, aller et retour, précise Effing, « doit s'effectuer les yeux fermés » et en ne parlant à personne. Fogg, qui s'attend à quelque chose de grandiose, est dans un premier temps déçu. Comme vous le serez peut-être, lorsque au quatrième étage du Brooklyn Museum, celui réservé à la peinture américaine, vous découvrirez un étrange petit tableau de soixante-neuf centimètres virgule deux sur quatre-vingt-deux centimètres : *Moonlight*, de Ralph Albert Blakelock. De John Cunning (*New York Skyline*) à George Luks (*Prospect Park*), de Childe Hassam (*Late Afternoon, New York : Winter*) à Samuel Halpert (*View of Brooklyn Bridge*), de Francis Guy (*Winter Scene in Brooklyn*) à Gleen O. Coleman (*Bridge Tower*), c'est toute une histoire de la peinture américaine qui nous est ici contée. Avec, au centre, Blakelock et sa captive, et son *Landscape with Indians* et son *Edge of the Woods* et son *Embarkation*, en digne contemporain de Thomas Moran et de George de Forest Brush qui font de l'Ouest le symbole de l'harmonie des premiers âges. Se souvenant sans doute du précepte de Thoreau selon lequel le « Créateur de cette terre n'a breveté qu'une seule feuille », ce peintre du rougeoiement divin, des nuages, des flancs de

Moonlight, de Ralph Albert Blakelock. C'est cette toile peinte entre 1885 et 1889, que vient voir Fogg, sur l'injonction d'Effing, au musée de Brooklyn.

montagne, des « Nocturnes » et des « Harmonies », bref, proche d'une sensibilité iconographique qu'on retrouve chez des artistes aussi différents que Washington Allston, Albert Ryder, James McNeill Whistler, dépasse, dans son *Moonlight*, cette production romantique exagérément américaine dite du « clair de lune ». Cette œuvre, comme le suggère Fogg, trouée par cette lune blanche, est un témoignage de ce que nous avons perdu – « ce n'était pas un paysage, mais un mémorial, une ode funèbre pour un monde disparu ». Citons Thoreau, une nouvelle fois, et son magnifique *Walking* (*Balades*) : « L'Ouest dont je parle est synonyme de Sauvagerie : et ce que je me préparais à dire, c'est qu'en la Sauvagerie réside la conservation du Monde. Chaque arbre projette ses filaments en quête de la Sauvagerie. Les grandes villes l'importent coûte que coûte. Les hommes labourent, naviguent pour l'obtenir. C'est de la forêt et de la solitude que proviennent les toniques, les écorces qui remontent l'humanité. » Plus que son œuvre, c'est la vie de Blakelock qui fascina Fogg, une vie misérable, une vie d'errance et de folie.

C'est aussi la folie de Blakelock qui attira Auster – il lui consacra un article, « Moonlight *in the Brooklyn Museum* », dans le numéro de septembre 1987 d'*Art News* –, cette façon qu'il avait, à la fin de sa vie, de passer du piano au chevalet et de se précipiter du chevalet au piano. Ce besoin de peindre, inhumain, permanent, frénétique, sur tout ce qui lui tombait sous la main, « papier, carton, boîtes à cigares, stores des fenêtres » (*Moon Palace*). Le

« Moon Palace », c'est *Moonlight* : éclair et dispersion, voyage intérieur et disparition, changement d'identité. D'un côté, l'atmosphère de subtils sous-entendus et de pâles délicatesses d'un Park Slope endormi dans son passé. De l'autre, le studio enfumé d'une certaine avenue de Park Slope, au rez-de-chaussée d'un immeuble à l'entrée gothique où, des cahiers Clairefontaine, jaillissent le diable, un fléau de violence, de folie et de mort : une œuvre.

Mais Brooklyn est une ville ouverte, changeante, mobile. Sortir de la chambre où l'on écrit, c'est se confronter au monde extérieur quel qu'il soit. Il faut suivre la voiture de Ruby qui circule dans le Brooklyn crépusculaire, qui parcourt la 7e avenue, qui atteint Flatbush avenue, qui s'engage sur Eastern Parkway, qui passe devant la bibliothèque publique et le Brooklyn Museum (où travaille Fanny, comme conservateur adjoint), là où repose le *Moonlight* de Blakelock, et qui finit par s'enfoncer dans les quartiers pauvres de Crown Heights et de East New York, délimités au nord par Jamaica Avenue et au sud par Belt Parkway.

Dans sa préface au scénario de *Blue in the Face*, Auster écrit : « Reste qu'il est difficile de le caractériser, ce film. Oui, il est comique. Oui, il est vulgaire, tapageur et saugrenu – et ce serait une grosse erreur d'y voir autre chose qu'une joyeuse célébration de la vie quotidienne à Brooklyn. Et pourtant, malgré toute son absurdité, je crois que quelque chose, dans *Brooklyn Boogie*, en fait plus qu'un divertissement frivole. Une certaine verdeur, peut-être. » Retenons de Brooklyn, de la vie de Brooklyn

Tournage de *Blue in the Face*. Lily Tomlin, Harvey Keitel et Paul Auster.

et du film que Paul Auster et Wayne Wang en ont fait, l'expression « joyeuse célébration de la vie quotidienne ». Cette célébration éclate dans les bars et les restaurants – thaïs, grecs ou italiens –, dans les pizzas merveilleuses que vous pouvez manger d'une rue l'autre, dans les gaufres belges, « métaphores de la patience et de la constance, des chimères et de la poursuite du plaisir, de l'irréductible capacité de manigances du désir humain. »

Dans *Smoke*, Auggie se poste chaque jour, avant huit heures du matin, au coin de la 3e rue et de la 7e avenue (là où, dans *Léviathan*, Ben Sachs tente d'appeler Fanny d'une cabine téléphonique après qu'il l'a surprise en train de faire l'amour avec Charles). À Paul qui regarde, étonné, son album où se déploie à l'infini toujours la même scène prise sous le même angle à la même heure, Auggie fait cette réponse merveilleuse : « C'est mon coin, après tout. Ce n'est qu'un tout petit bout de l'univers, mais il s'y passe des choses, autant que partout ailleurs. C'est la chronique de mon petit coin. » N'est-ce pas une magistrale leçon de connaissance ? Et quelle métaphore ! Que fait l'écrivain sinon transcrire, rapporter, même déformée, surtout en la déformant, la chronique de son « petit coin » ? Et chacun peut en donner sa définition. Dire, comme Rusty Kanokogi dans *Blue in the Face*, que l'attitude brooklynienne, c'est de savoir ce qu'on fait et d'aller jusqu'au bout. Ou, comme Chief Bey, qu'à Brooklyn on trouve tout, « des plaines, des collines, des vallées, des bois ; et même des marais ». Ou, comme Ian Frazier, que ce qui fait la beauté de Brooklyn, ce sont « les sacs en plastique accrochés dans les arbres ».

« Qu'est-ce qui te fait penser que j'ai envie d'aller à Las Vegas ? », demande Violette en train de changer de robe en chantant *Fever*, toute seule devant son miroir, « on a tout le spectacle qu'on

« La fumée n'est jamais fixe, elle change sans cesse de forme, elle obscurcit les choses, les rend illisibles* », dit Paul Auster. Et encore, Quinn, dans *Cité de verre* : « Il aimait bien voir la fumée sortir de sa bouche, se disperser, puis réapparaître lorsque les rayons de lumière s'emparaient d'elle. »

veut ici à Brooklyn ! » Auggie a raison : rien ne vaut la chronique de son petit coin… Walter Benjamin, dans un essai consacré à Marcel Proust, ne dit pas autre chose lorsqu'il écrit : « Est-il permis de dire que toutes les vies, toutes les œuvres, toutes les actions qui comptent n'ont jamais été que l'imperturbable développement de l'heure la plus banale, la plus fugace, la plus sentimentale et la plus faible dans l'existence de celui à qui appartiennent cette vie, ces œuvres et ces actions ? »

L'art de la marche

Le long parcours de Quinn ne désigne pas, comme avec « Babel », une lettre ou une forme. Quinn accomplit ce périple parce qu'il est tout à fait désespéré et dans la confusion la plus grande. *

PAUL AUSTER.

Paul Auster aime marcher et faire marcher ses personnages. Comme Rousseau, le promeneur solitaire, qui se révélait incapable de résister à la tentation d'un long voyage à pied, au cours duquel il pouvait laisser son imagination l'emporter, et qui assurait « ne concevoir qu'une manière de voyager plus agréable que d'aller à cheval : aller à pied », Paul Auster voit dans la marche un exercice spirituel. Ainsi aime-t-il, chez Louis Wolfson, l'auteur du *Schizo et les langues*, sa façon très personnelle de « faire éprouver de manière plus immédiate ce que c'est que d'errer dans les rues de New York » ; et, chez Charles Reznikoff, sa passion à parcourir la cité « les yeux ouverts ». Lorsqu'on marche, on peut

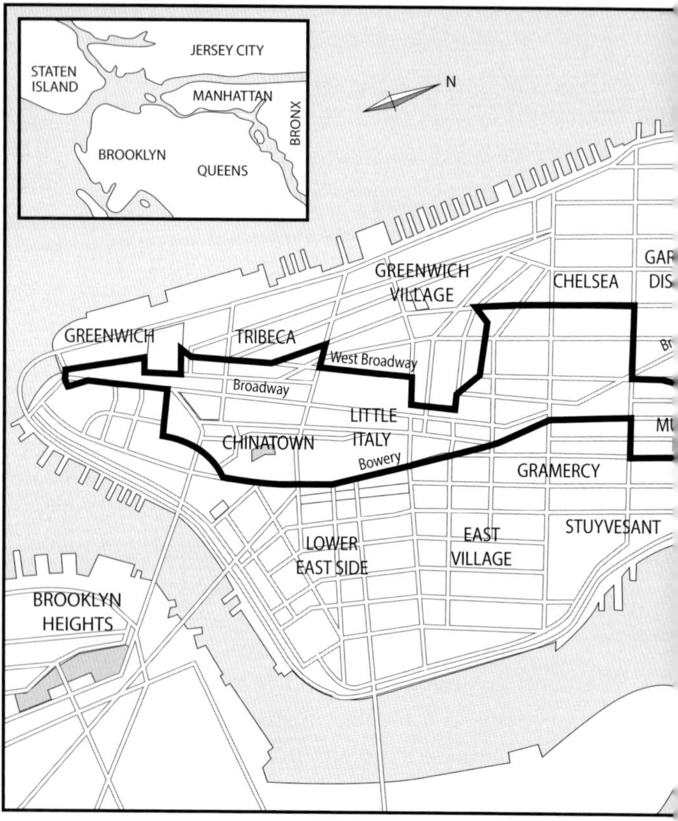

poser sur les choses, les objets mais aussi les gens un regard des plus précis. Enraciné dans la ville, on peut y rester invisible, voir sans être vu, prendre possession du lieu, pénétrer dans le dedans de la ville, se « fondre dans le paysage », comme on dit, acquérir de la transparence. Le corps du marcheur devient « objectiviste » : il crée un monde autour de lui, « en le voyant comme le verrait un étranger ». On marche pour se connaître. On marche pour se trouver.

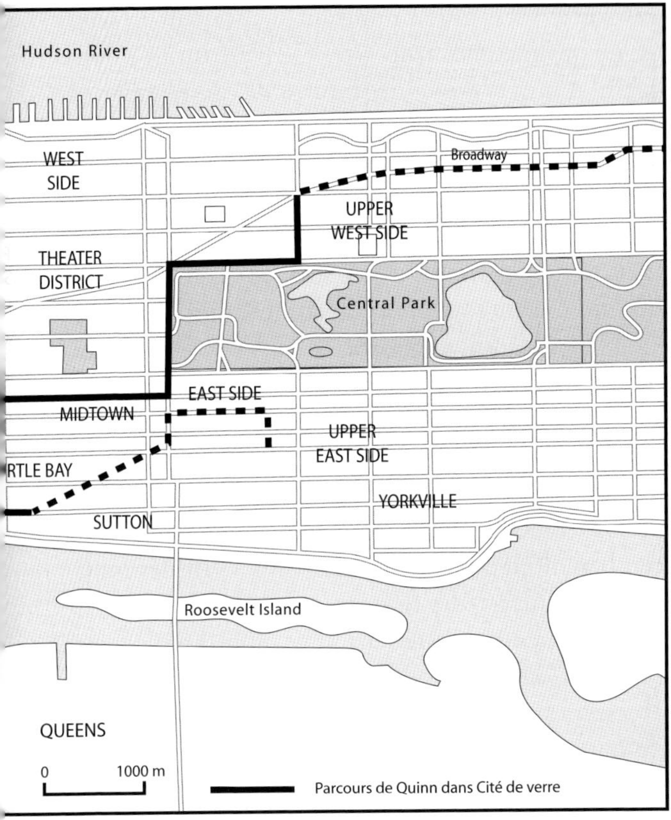

Quinn, dans *Cité de verre*, déambulant dans Grand Central, a comme une révélation : « Il parcourait la gare comme s'il était dans le corps de Paul Auster. » On marche pour perdre son corps et retrouver son âme.

Cet art de la marche, Auster n'est pas le seul à le cultiver. Est-ce New York qui suscite cet engouement ? Charles Reznikoff, déjà cité, parcourait dans sa jeunesse entre quinze et trente kilomètres par jour : « Le plus important, expliquait-il, c'est de ne pas marcher trop vite. Ce n'est qu'en s'obligeant à un rythme de moins de deux miles à l'heure qu'il était sûr de voir tout ce qu'il voulait voir » (Paul Auster, *Souvenir de quelque chose qui est arrivé un jour à ma mère*). Henry James, qui avoue aimer déambuler tout simplement dans les rues, se souvient de « certaines promenades sans but comme de fragments de communion intime », et Henry Roth rapporte, dans *Un rocher sur l'Hudson*, ses interminables itinéraires le long des avenues pleines de monde, bruyantes, agitées qui le menaient du Flatiron Building, en passant par Times Square et Columbus Circle, aux eaux de l'Hudson River, « si larges en cet endroit », qui clapotaient, tandis que le vent « soulevait des moutons à la surface des flots gris et glacés ».

Les parcours austériens sont nombreux. Dans *Moon Palace*, Effing « dilapide » vingt mille dollars en espèces, « sous la protection de son fidèle garde du corps », en parcourant la ville de long en large : « Nous ne nous rendrons jamais deux jours de suite dans des quartiers voisins. Uptown un jour, downtown le lendemain. » Quinn prend un taxi à l'angle de la 72e rue et de Madison Avenue, traverse Central Park d'est en ouest, refait à pied le chemin inverse, longe la 107e rue, tourne à gauche à Broadway et finit par s'arrêter au comptoir-restaurant des Heights à hauteur de la 112e rue. Toujours dans *Cité de verre*, Quinn encore suit le deuxième Stillman dans le métro, prend la navette de Times Square, puis le Broadway Express qui « tangue »

Charles Reznikoff. Auster dit à son sujet, dans *L'Art de la faim* : « S'immerger dans l'histoire juive n'est pas différent pour lui, en définitive, de sortir dans les rues de New York. Dans les deux cas, il s'agit de s'accommoder de soi-même. »

jusqu'à la 96e rue et, une fois ressorti, remonte Broadway du côté est de la rue où, à l'angle de la 99e, il s'engouffre dans l'hôtel Harmony. Autre exemple, le parcours aller-retour (voir le chapitre précédent) qui conduit Fogg, en métro et à pied, de l'appartement d'Effing au musée de Brooklyn afin d'admirer le *Moonlight* de Blakelock. Citons enfin le parcours « hiéroglyphique » de Stillman, dont « The Tower of Babel » raconte, malgré le « pont » ténu de la 83e rue, une histoire qui n'est peut-être plus compréhensible. Car ces parcours n'ont rien de gratuit ni d'abstrait. Certes, ils peuvent, comme dans *Mercier et Camier* de Beckett, suggérer que le rythme de la marche peut battre sous celui des mots et que la déambulation est une sorte de métronome qui peut aider à la fabrication de la littérature – c'est ce que Paul Auster développe dans son essai intitulé « Des gâteaux aux pierres » (in *L'Art de la faim*) –, mais la marche reste avant tout un exercice physique. Comme le prouve la longue marche de Quinn entamée au chapitre 11 de *Cité de verre*, et qui compte – selon que l'on démarre de l'appartement de la 107e rue ouest ou du carrefour Broadway – 72e rue ouest, et qu'on s'arrête sur la place du palais des Nations unies ou au 25 de la 69e rue est – de vingt-cinq à trente kilomètres… Parcours initiatique et/ou touristique devant lequel nous nous posons, à l'égard de Quinn, les questions qu'il se pose face à Peter Stillman : « Quinn regardait par la vitre [du taxi] et se demandait si c'étaient les mêmes rues que voyait Peter Stillman lorsqu'il sortait à l'air et à la lumière. Percevait-il les mêmes choses ou le monde était-il pour lui un lieu différent ? Et si un arbre n'était pas un arbre, qu'était-ce donc en réalité ? » (*Cité de verre*).

LA PREMIÈRE PORTION DU PARCOURS LE CONDUIT DE LA 72E RUE OUEST À CENTRAL PARK WEST, QU'IL SUIT JUSQU'À COLUMBUS CIRCLE. Ce New York-là est celui de l'Upper West Side, vieux quartier populaire qui ne s'embourgeoisa qu'à partir de 1870. L'hôtel Ansonia (2109, Broadway – 72e rue ouest), construit en 1899, qui possédait à l'origine un jardin sur le toit pour les animaux, domestiques ou non, du propriétaire William Earl Dodge Stokes, reste un des témoins de ce basculement. La 72e rue, qui conduit à Central Park, à hauteur de Strawberry Fields, témoigne des oppositions radicales qui peuvent exister à New York entre deux rues voisines, où de véritables « lignes de démarcation » peuvent ceindre, découper, délimiter, enclore des quartiers entiers : « À New York, plus que nulle part ailleurs, la vie peut changer subitement d'une rue à l'autre.* » D'un côté, des petits restaurants de cuisines exotiques, des pressings, des magasins d'articles pour chiens, un « Kosher Vegetarian », peu d'arbres, des maisons à trois étages, blanches et roses ; de l'autre, l'hôtel Dakota (1, 72e rue ouest), premier immeuble résidentiel de la ville, construit en 1884 par Henry J. Hardenberg et qui était à l'époque entouré de terrains où paissait le bétail.

Les immeubles qui longent Central Park jusqu'à Columbus Circle sont parmi les plus beaux de la ville : l'Hebrew Union College et sa façade austère (68e rue) ; l'hôtel des Artistes (67e rue) et son entrée néogothique chargée de fer forgé et de frises en céramiques qui virent passer Isadora Duncan, Norman Rockwell et quelques autres ; l'immeuble de l'American Broadcasting Company (66e rue) qui ressemble à un château fort moyenâgeux ; sans oublier l'art déco représenté par l'immeuble situé au numéro 55 de Central Park West et l'art nouveau avec celui de la Society for Ethical Culture (entre les 64e et 63e rues)…

Quinn, qui a déjà parcouru presque cinq kilomètres et qui, téléphonant toutes les vingt minutes à Virginia Stillman, tombe invariablement sur une ligne occupée, voit-il ce que voit le promeneur attentif qui peut s'offrir le luxe de transformer ce voyage intérieur, rythmé par le métronome de la marche, en promenade d'agrément ? Quinn n'a pas le loisir d'« herboriser »… Sans doute ne voit-il pas la façade de la Holy Trinity Church (65e rue), ni une réplique de la statue de la Liberté qui jaillit d'un immeuble de la 64e rue, ni le château du YMCA sur la 63e rue, ni les fameuses « tours jumelles » des quatre immeubles résidentiels construits en 1930 par Irwin S. Chanin…

ARRIVÉ À LA STATUE DE CHRISTOPHE COLOMB, QUINN CONTINUE VERS L'EST PUIS LONGE CENTRAL PARK SOUTH JUSQU'À MADISON AVENUE. Nous savons qu'au sixième étage d'un immeuble trapu, au 240, Central Park South, un enfant de cinq à six ans s'apprêtait, dans les années 50, à jeter un penny sur les passants, sous les yeux horrifiés de sa grand-mère, et qu'à l'Oyster Bar de l'hôtel Plaza (768, 5e avenue), délaissant les gâteaux à la crème et les scones du Palm Court placé sous le signe des quatre saisons, Nashe et Pozzi ont fait une dernière halte new-yorkaise avant d'aller s'écraser contre le mur pennsylvanien.

Nous savons aussi que, dans cet étrange rectangle compris entre le Rockefeller Center au sud, Central Park au nord, la 6e avenue à l'est et Madison Avenue à l'ouest, la ville de New York dévoile sa soif de destruction et de construction. La Trump Tower (725, 5e avenue) et sa cascade pharaonique d'une vulgarité saisissante, l'IBM Building (590, Madison Avenue), le Fuller Building, le Sony Building, le Park Avenue Plaza, le Racquet Club, où se mêlent prisme de verre et style Renaissance, couronnement post-moderne et blocs de granit noir, rappellent que New York peut être une ville sans mémoire, une ville qui ne croit pas en sa maturité. Jerome

Charyn soutient que New York ne semble pas avoir de pères – « seulement des fils meurtriers qui dévorent Manhattan, morceau par morceau, jusqu'à ce qu'eux-mêmes soient dévorés ». Dans son désir inassouvi de futur, New York éventra, en 1900, la moitié de ses rues ; le sentiment éprouvé par Henry James en 1904, alors qu'il remontait la 5e avenue, reste d'actualité : « Vous vous arrêtez un instant en présence de certaines formes, certains édifices exorbitants, en d'autres mots, élégants domiciles dont la mémoire a conservé leur magnifique et complète illusion de finalité, mais dont on sent aujourd'hui que l'existence, au moindre chuchotement d'un intérêt plus élevé, ne résisterait pas à une simple heure d'achat. » Ce ne sont pas les catastrophes naturelles ou les incendies, comme celui auquel durent faire face, en 1835, plus de trois mille pompiers – mille deux cents maisons furent détruites –, qui sont le pire ennemi de New York, mais l'argent qui se nourrit de l'argent. Quinn est pauvre et désespéré, et la ville qu'il traverse, de long en long, est une métropole qui le broie. New York est une ville qui mange ses enfants et ses fils adoptifs.

Sur Madison Avenue, à droite et à gauche de la 51e rue, Quinn croise les Villard Houses (bel ensemble de cinq hôtels particuliers construit en 1884 et qui appartient aujourd'hui au Helmsley Hotel) et la cathédrale Saint Patrick (construite en 1879, sur un site qui se trouvait alors à l'extérieur de la ville) ; mais surtout, entre le Metlife Building et le Chrysler Building, sur la 42e rue à gauche, traversée par la petite passerelle verte de Park Avenue,

Grand Central qui joue, comme l'on sait, un rôle capital dans *Cité de verre*. C'est à Grand Central qu'arrive Stillman, par le train de 18 h 41, en provenance de Poughkeepsie ; c'est là que, sous l'horloge à quatre cadrans, Quinn trouve enfin, sinon une raison d'être, du moins une raison d'être Paul Auster. La façade où trônent Mercure, Hercule et Minerve ; l'Oyster Bar, bruyant, décoré des tuiles jaunes de Guastavino, l'immense hall au plafond constellé d'étoiles et de zodiaques, la double volée de marches directement inspirée du grand escalier de l'Opéra de Paris, confèrent à l'endroit une étrange majesté. Achetez un sandwich dans l'une des échoppes, à gauche en entrant, asseyez-vous sur l'un des longs bancs d'église alignés dans un espace gardé par un fonctionnaire en uniforme, et observez la foule. Vous en apprendrez plus sur New York, en laissant ainsi errer votre regard, qu'en compulsant nombre d'essais sur une ville dont la verticalité n'est que relative. Reposé, vous pouvez poursuivre votre chemin…

« APRÈS AVOIR DÉAMBULÉ AU HASARD », ÉCRIT PAUL AUSTER, QUINN POURSUIT VERS LE SUD ET SE RE-TROUVE AU CARREFOUR DE BROADWAY, DE LA 23E RUE ET DE LA 5E AVENUE. Lentement, la ville change. La descente vers Battery Park s'amorce. Sur la gauche, au numéro 10 de Madison Avenue, la Pierpont Morgan Library. Construit en 1902 pour accueillir les collections d'ouvrages rares et de manuscrits originaux du banquier John Pierpont Morgan, ce bâtiment aux proportions parfaites est sans nul doute le plus beau palais néo-palladien de

Grand Central Terminal. Stillman y arrive en provenance de Poughkeepsie.

New York. Le jardin d'hiver sous verrière, reliant la Library à la Morgan House, fait partie, pour reprendre le titre d'un petit guide d'Allan Ishac, de ces « PLACES TO FIND PEACE AND QUIET », si nombreuses à New York. Quant aux pièces en enfilade – sur la gauche au rez-de-chaussée –, aux parquets cirés, aux murs lambrissés, aux plafonds à caissons, ils nous replongent immédiatement dans la ville des romans subtils chers à Edith Wharton. Voyage dans le passé qui conduit, grâce aux trois églises croisées avant que ne se dessine le Madison Square Park, au Flatiron Building. L'église de l'Incarnation (205, Madison Avenue), épiscopalienne, tout de grès et de *brownstone* ; the Marble Collegiate Reformed Church, sur la 5e avenue entre les 30e et 29e rues, construite en 1854, est ceinte d'une barrière en fonte la protégeant du bétail qui empruntait une 5e avenue alors simple route poussiéreuse ; the Little Church Around the Corner enfin (29e rue), oasis de verdure et de calme placée sous le signe du théâtre.

APRÈS UNE PAUSE DEVANT L'IMMEUBLE FLATIRON, QUINN EMPRUNTE LA 23E RUE ET PREND VERS L'OUEST JUSQU'À LA 7E AVENUE OÙ, TOURNANT À GAUCHE, IL S'ENFONCE JUSQU'À SHERIDAN SQUARE. Nous pénétrons dans Chelsea. Le quartier change de physionomie. Les immeubles d'habitation, les édifices hauts de plusieurs étages et ornés de balcons ont cédé la place à des entreprises, des dépôts, des magasins ; ici, on vend des *Stetson hats*, là des tapis d'Istanbul, on vante les importations asiatiques ; les rues s'élargissent et l'on redécouvre certaines petites maisons de ville héritées du XIXe siècle. Le Flatiron Building (construit en 1902), célèbre pour son style Renaissance florentin, sa forme singulière et ses quatre-vingt-onze mètres qui faisaient dire à ses détracteurs qu'il ne manquerait pas de s'effondrer, fait face à la 23e rue, celle du Chelsea Hotel (au numéro 16) dont la « réputation » n'est plus à faire : sa façade de brique rouge agrémentée de balcons en fer forgé noir, son lobby encombré de fauteuils club et de bancs d'église, ses murs surchargés de toiles pour la plupart contemporaines, cachent un passé scandaleux lié au monde de l'art et de la création. Thomas Wolfe a écrit ici *You Can't Go Home Again*, Dylan Thomas y a, comme le note Marcia Leisner, « écoulé ses derniers jours d'alcool ». Sid Vicious, leader des Sex Pistols, et son amie Nancy vinrent y mourir d'une overdose. Avant eux, Andy Warhol y avait tourné *Chelsea Girls*. Une plaque commémorative atteste que Tennessee Williams, Mark Twain, Jack Kerouac, Brendan Behan y séjournèrent…

Les curieux qui désireraient s'éloigner du parcours de Quinn peuvent, partant de la 7e avenue, tourner sur la droite, dans la 20e rue, et partir à la recherche du vieux quartier de Cushman's Row et de la maison occupée par Louise Bourgeois, sculpteur de l'émotion pure et de la mémoire, aujourd'hui âgée de quatre-vingt-treize ans… Avant d'arriver à Sheridan Square, au croisement de Greenwich Avenue et de la 11e rue, arrêtez-vous au 4, Patchin Place. Parmi un groupe de petites maisons sans prétention, l'une – herbes folles, petite barrière métallique, arbres – fut habitée de 1924 à sa mort en 1962 par l'un des plus grands poètes de son temps, Edward Estlin Cummings : « Un endroit charmant pour un poète qui a toujours aimé la nature » (Marcia Leisner).

Il est singulier de constater que ce voyage à pied nous entraîne dans un voyage dans le temps : celui de l'histoire et des mots. Comme si chaque croisement, chaque couleur, son, aspérité avaient une histoire à nous raconter, à nous le marcheur occasionnel. Paul Auster, à la fin de l'article qu'il consacre à Beckett dans *L'Art de la faim*, où il comprend que ce dernier construit, de page en page, un monde à partir de presque rien, écrit : « Partis en voyage, Mercier et Camier ne vont nulle part. Mais en chemin, à chaque pas, nous désirons nous trouver exactement où ils se trouvent. » Lentement, le parcours de Quinn nous habite, impatient que nous sommes d'en connaître la suite. Ici, quelques vers de

Cummings reviennent à la mémoire, qui ne brisent pas l'élan du marcheur, mais plutôt le nourrissent : « Tu fais mal // mettons que / Vivre est un vieillard qui porte des fleurs sur la tête. // le jeune mourir est assis au café / souriant, une pièce entre / le pouce et l'index » (*58 + 58 poèmes*, 1918-1925).

La pause terminée, la marche peut reprendre. À SHERIDAN SQUARE, AU CARREFOUR DE SEPT RUES EN LABYRINTHE, REPRENDRE VERS L'EST, LONGER LE WAVERLY PLACE, TRAVERSER LA 6E AVENUE ET ARRIVER À WASHINGTON SQUARE. Chelsea est devenu Greenwich Village. En théorie. Car les frontières des quartiers bougent, car le damier de la ville est poreux, les rues tortueuses s'échangent leur syncrétisme. Washington Square est au centre du Village. Ancien cimetière réservé aux esclaves noirs, ancienne place des supplices (un orme rappelle qu'on y pendait les criminels). Un petit ruisseau y coulait et des potiers s'y installèrent un temps. L'arc de triomphe fut achevé en 1895. Vingt et un ans plus tard, Marcel Duchamp l'escalade et y proclame la « république libre et indépendante de Washington Square ». Avant de passer sous l'arche, comme le fait Quinn, de croiser les joueurs d'échec et les montreurs de serpents endormis, les groupes de danseurs et les coureurs à pied, les touristes et les écureuils toujours nombreux et jamais farouches, comme dans tous les parcs new-yorkais, il faut se souvenir que de l'autre côté se trouve le 5, Waverly Place, adresse fatale où se noue l'intrigue de *Washington Square*, « version la plus simple et la plus expressive – et encore la plus américaine – du drame éternel de la vie d'un certain type de famille dans un "square" qui était un symbole à la fois personnel et historique du mode de vie de la haute bourgeoisie américaine » (Léon Edel, *Henry James, une vie*).

Après voir quitté le parc par son angle sud-est et laissé derrière soi le 21, Washington Place, où Henry James « junior » (ainsi fut-il appelé jusqu'à la mort de son père) naquit en 1843, Quinn choisit un tracé quelque peu sinueux : LA RUE HOUSTON, SUR LA DROITE, PUIS WEST BROADWAY, PUIS LA RUE CANAL SUR LA GAUCHE, PUIS UN PETIT PARC SUR LA DROITE ET ENFIN UNE « VOLTE-FACE VERS LA RUE VARICK » LUI PERMETTANT AINSI DE PASSER DEVANT LE NUMÉRO 6 OÙ IL AVAIT VÉCU AUTREFOIS.

De nouveau, cette impression de perpétuel changement, comme précédemment, dans cette portion de la 7ᵉ avenue à partir de la 16ᵉ rue ouest, soudain envahie par les boutiques chics, vêtements et cosmétiques, art de vivre et arts de la table. Et de nouveau, comme ici au croisement de Broadway et de Houston, des entrepôts et des lofts, puis, en remontant Houston, un long mur aveugle, une rue large et bruyante et, sur les toits des immeubles de cinq à six étages, des réservoirs d'eau, citernes des plus ordinaires qu'on n'a pas pris la peine de dissimuler sous des déguisements architecturaux comme ceux de la 5ᵉ avenue : l'hôtel Pierre, à l'angle de la 61ᵉ rue, ou Sherry Netherland, à l'angle de la 60ᵉ rue. Sur la gauche, en remontant Houston Street, parallèle à Green Street, célèbre pour ses immeubles à façades métalliques, Wooster Street où Peter-Paul rencontre Iris-Siri, le 23 février 1981 au soir… une rue où naissent, meurent et renaissent des galeries d'art, tout comme dans la portion de West Broadway menant à Canal Street : galeries d'art, boutiques de vêtements et restaurants adeptes d'une version américaine de la nouvelle cuisine… et qui laissent à penser que New York peut être une ville rigide, prétentieuse, avec ses castes et ses chapelles, ses habitudes, ses rites, ses milieux clos, ses snobismes…

Puis, de nouveau, d'étranges magasins, ayant chacun leur histoire : le petit commerce peint en rose bonbon à l'angle de West Broadway et de Prince Street, qui ne vend que des moulages en plâtre ; la boutique de surplus militaires du 385, West Broadway, qui expose, au milieu des paquetages de l'armée, des rangers et des tenues de combat, des mitrailleuses et des bazookas ! Entre le parking grillagé de la rue North Moore et la station de métro Franklin Street, l'immeuble de neuf étages en brique rouge du numéro 6 de la rue Varick (patriote et révolutionnaire, Richard Varick fut maire de New York de 1789 à 1801) est là, avec sa petite entrée : murs blancs au rez-de-chaussée, trois marches, une double porte vitrée. On sait quel rôle il joue dans la mythologie austérienne…

En suivant West Broadway vers le sud jusqu'au World Trade Center[1] dont les deux tours surgissent soudain à portée de regard, n'oubliez surtout pas, à l'endroit précis où Varick Street fusionne avec West Broadway, de vous arrêter à l'*Urban bird parrots*

1. Le parcours de Quinn, effectué en 1996, serait aujourd'hui différent. J'ai volontairement laissé les pages consacrées au World Trade Center dans l'état. Voir à ce sujet les pages 198 à 202.

– *boltwood chapel*… Des perroquets criards en liberté vous attendent dès que vous aurez satisfait au rite de passage exigé par le patron : vous asperger les mains d'un liquide désinfectant afin de protéger les… perroquets.

À cette hauteur de SoHo et de TriBeCa, la ville descend littéralement vers le Lower Manhattan, s'incurve, perd une sorte de stabilité acquise au fil des kilomètres (un peu plus d'une dizaine parcourus depuis la 72e rue est). Le métronome s'enraye, l'inattendu même des changements d'une rue l'autre se trouve soudain battu en brèche. Ici, l'ancien côtoie le moderne, mais surtout la ville haute, verticale, prend à la gorge : le ciel a disparu. Oppression de la pierre. Oppression de la rue qui rétrécit, perd ses repères. La lumière baisse. Contourner le World Trade Center et ses tours jumelles de cent dix étages, les tubes d'acier et de verre qui surplombent Vesey Street, s'aventurer au cœur de ces grillages métalliques, croiser la foule en costumes-cravates et tailleurs qui débouche de Fulton Street pour venir s'engouffrer dans les bouches de métro de la dalle du World Trade Center, vous propulse dans un autre monde où l'humanité n'a que peu de place. Le petit marché de fruits et de légumes installé sur Trinity Place occupe dans cet espace une zone d'étrangeté. Que viennent faire ces fleurs en pots et ces bouquets, ces pots de miel et ces légumes frais parmi ces gratte-ciel ? On pense à Philippe Petit, l'homme-oiseau qui survola une après-midi d'août 1974, sur son filin d'acier, toute cette humanité de galeries souterraines et d'atriums suspendus, d'ascenseurs vertigineux et de téléscripteurs informatisés… Philippe Petit qui nous offre, par son geste de funambule – de gratuité pure et de danger absolu – une réponse à nos questions. Nous sommes ici en plein Moyen Âge, en plein obscurantisme, en pleine sorcellerie. Le Trinity Building est orné de chevaliers portant heaumes et la Liberty Tower est recouverte d'une couche de terre cuite néogothique. Le temps rebrousse chemin. Le temps se rejette à l'eau : Bowling Green Park… Le parcours austérien pourrait presque s'arrêter ici : QUINN « ENVISAGEA UN INSTANT DE PRENDRE LE FERRY-BOAT POUR STATEN ISLAND »…

Staten Island : un Ellis Island à l'envers. Un départ pour contredire le passage par « l'île des larmes ». Bowling Green, sans doute l'un des premiers jardins de la ville. C'est ici que Peter Minuit aurait fait sa fameuse transaction. Marché aux bestiaux, terrain de bowling, lieu révolutionnaire où fut déboulonnée, un matin de juillet 1776, la statue de George III d'Angleterre, avant d'être fondue pour fabriquer les balles qui allaient devoir défendre la toute fraîche déclaration d'indépendance des New-Yorkais. Bowling Green, qui marque le point de départ de Broadway, l'avenue indienne, rebelle qui traverse Manhattan, prend le nom officiel de route nationale 9, rejoint Albany, les Adirondaks et vient mourir à Montréal, refaisant en sens inverse l'errance algonquine… Mais Quinn « se ravise » : IL REMONTE VERS LE NORD, SUIT BROADWAY, TOURNE À DROITE À FULTON STREET, TRAVERSE LES « MIASMES » DU LOWER EAST SIDE PUIS LE QUARTIER CHINOIS.

À droite de Bowling Green, dans Battery Park, adossé à White Hall Street où Fogg se présente à la conscription, l'US Custom House, gardé par quatre femmes assises censées symboliser quatre continents (la seule résolument tournée vers un futur radieux étant la représentante du continent américain !), abrite depuis 1994 une branche du Musée national des Indiens d'Amérique – lieu émouvant et terrible que celui de cette mémoire indienne rangée, classée, répertoriée, morte. Lorsque Quinn passa devant ce bâtiment de granit élevé en 1907, il n'était encore qu'un lieu abandonné par le service des douanes.

Avant de remonter Broadway, il faut faire un détour par Wall Street, « la rue du mur ». Vous y verrez le New York Stock Exchange, la Federal Reserve Bank. On dit qu'en 1929, les coteurs y travaillèrent quarante-huit heures d'affilée. Ce qui frappe ici, ce n'est pas le mélange des styles, mais leur superposition. Ici, New York a avancé par tranche, et l'histoire coudoie l'histoire : au numéro 26 de Wall Street, le Federal Hall National Monument, devenu musée de la Constitution – George Washington y prononça son discours d'investiture en 1789. Au numéro 15, une plaque indique que le 8 juillet 1889 naissait ici le *Wall Street Journal*. Sur la Chase Plaza, *Quatre arbres*, la sculpture en noir et blanc de Dubuffet. Et sur Broadway, à gauche, Trinity Church qu'on a déjà pu apercevoir, sur Trinity Place, en passant sous sa passerelle métallique tandis qu'un flot continu de voitures s'engouffrait dans le Brooklyn-Battery Tunnel. Tout comme la Saint Paul's Chapel – église de style géorgien construite en 1766 (sur Broadway, au croisement avec Fulton Street), seule église de Manhattan édifiée avant l'Indépendance à être encore debout, et elle aussi dotée d'un vieux cimetière planté d'arbres et d'herbe verte –, la Trinity Church (à l'angle de Broadway et de Wall Street) dresse sa façade néogothique à l'ombre des délires architecturaux du Manhattan financier. Henry James déjà, devant la flèche de Trinity Church, se plaignait de l'invisibilité croissante des églises, de leur présence partout réduite ou abolie – constatation que l'on pourrait étendre à d'autres architectures new-yorkaises non consacrées : « Elle souffre et halète, cette visibilité amoindrie, nous le sentons aisément, dans son état encagé et déshonoré, en n'étant soutenue que par la conscience que ce déshonneur n'est pas de sa faute. Nous compatissons avec elle, en toute tendresse et en toute pitié, dans cet air encombré ; nos yeux, accoutumés, involontairement ou non, aux hauteurs vertigineuses, s'abaissent sur elle comme sur une pauvre chose inefficace, comme objet architectural adressé, même dans sa première aspiration, au piéton patient et permettant par là une relation d'intimité » (*La Scène américaine*).

Dans ce que nous pourrions appeler la deuxième partie de ce parcours, New York s'étale et fait tache d'huile. Une cité moins verticale. De Fulton Street à Union Square, nous croiserons, successivement ou non, les communautés chinoise, juive, italienne, indienne, russe, coréenne. Fulton Street, Gold Street, Rose Street sont des no man's land où rien ne retient le regard. À South Street Seaport, fuyez le Pier (môle) 17, immense centre commercial de boutiques et de restaurants destinés aux touristes, mais arrêtez-vous, le New York University Downtown Hospital dépassé, au 55-57, Saint James Place, à l'angle avec Oliver Street. Derrière des grilles se découvre un minuscule cimetière ; attendant on ne sait quelle

Au pied du World Trade Center, Quinn passe un treizième coup de téléphone de la journée. Souvenons-nous de la première phrase du livre : « C'est un faux numéro qui a tout déclenché, le téléphone sonnant trois fois au cœur de la nuit et la voix à l'autre bout demandant quelqu'un qu'il n'était pas. » Auster nous l'a confirmé : le téléphone le fascine et le trouble… (Illustration de Patricia Reznikov.)

temporalité, parmi les herbes folles, quelques stèles et de petits drapeaux américains plantés dans le sol : « THE FIRST CEMETERY OF THE SPANISH AND PORTUGUESE SYNAGOGUE » (1656-1833). La tombe la plus ancienne est celle de Benjamin Bueno de Mesquita, elle remonte à 1683.

Chatham Square, où s'élèvent le monument aux morts sino-américains, le bâtiment de la Republic National Bank, en forme de pagode, et la statue de Confucius, est à une croisée des chemins : Chinatown, puis Little Italy à gauche, Lower East Side à droite – lieu historique des immigrations irlandaises et juives. Ici s'amorce la remontée vers l'Upper East Side : LE BOWERY, DEVENU LA 4E AVENUE, CONDUIT QUINN JUSQU'À LA 14E RUE OUEST À HAUTEUR D'UNION SQUARE. Les trois kilomètres de cette longue avenue, jalonnés de restaurants et de boutiques de souvenirs, d'épiceries chinoises et de poissonneries où l'on peut acheter vivantes de larges tortues plates, sont comme un passage entre le monde ancien et le Manhattan mouvant d'aujourd'hui. Herbert Lieberman écrit : « Dans Chinatown, il s'arrête un instant devant une vitrine bourrée de canards accrochés à des collets de fil de fer, la tête grotesquement penchée ; puis devant une autre vitrine bourrée de pots et de boîtes pleines d'herbes sèches derrière laquelle un mandarin septuagénaire et ridé au crâne coiffé d'une calotte noire le contemple avec un sourire serein. Il se détourne découragé, et s'éloigne à pas lourds » (*Nécropolis*).

Sur la droite de Canal Street, le Manhattan Bridge, pont blanc construit en 1909, ralliant

Brooklyn, et, au numéro 130 de Bowery, la Bowery Savings Bank, au pur style *Classical Revival*, aux imposantes colonnes de marbre et à la décoration intérieure des plus chargées. Le contraste avec la profusion architecturale du Lower Manhattan ou le charme désuet de certaines portions du Village est saisissant. Une mue en pleine mue, et soudain, à l'angle de Houston, derrière une grille de bois et de fer, le premier *community garden* de New York. Ouvert en 1973, comme mille autres depuis, tous les jours de six heures au crépuscule et le samedi de midi à quatre heures. En pleine agglomération bruyante poussent des légumes, des fleurs, des plantes aromatiques ; un petit plan d'eau apporte de la fraîcheur aux oiseaux et un épouvantail de paille et de chiffon tente de les effrayer. Le Liz Christy Garden est un havre respecté de tous, qui met fin à l'embrouillamini du Lower Manhattan puisque la rue suivante inaugure, avec la E1 (la 1re rue est), le célèbre « quadrillage ». À Cooper Union (41, Cooper Square), premier collège privé gratuit, fondé à New York et abritant depuis 1859 une école des arts et des techniques, Bowery devient la 4e avenue, ancien quartier aristocratique, aujourd'hui celui des théâtres, dont le célèbre Public Theater (427, Lafayette Street) où fut montée la comédie musicale *Hair*. Au croisement avec la 11e rue, la Grace Church néogothique s'orne de vitraux préraphaélites. Dans le prolongement : Union Square, lieu traditionnel des orateurs, les « soapbox speakers », d'où partit, en 1930, la foule immense des chômeurs qui allaient marcher sur City Hall.

Si la 13e rue fut le siège du communiste Daily Worker, l'Irving Place vit s'installer le Players Club (1888), le National Arts Club (1896) et la Pete's Tavern (1903). Bien que Quinn, une fois l'Union Square « COUPÉ EN DIAGONALE », REMONTE À PARK AVENUE SOUTH POUR METTRE ENSUITE « LE CAP AU NORD » À LA 23E RUE, VIRER À DROITE ET SE RETROUVER SUR LA 3E AVENUE QU'IL EMPRUNTE JUSQU'À LA 32E RUE, il faut dévier du trajet initial initiatique et faire un détour par Gramercy Park, l'un des quatre squares dessinés entre 1830 et 1840 à l'usage d'un public aisé. Il reste aujourd'hui l'unique parc privé de la ville : seuls les résidents en possèdent la clef ! À proximité vécurent Stephen Crane (145, 23e rue est) et Nathanael West (Gramercy Park Hotel, the Kenmore Hall) ; quant à Edith Warthon, elle naquit dans la 21e rue est.

La progression vers le nord-est, accompagnée d'un temps maussade et de quelques gouttes de pluie, remet en mémoire certains vers de Charles Reznikoff : « J'ai marché jusqu'à / devenir pâle et transi / D'une rue sombre à une autre, je vais », ou encore : « Les vents consolateurs / se taisent. » Comme si le trajet, approchant de son terme, se dépeuplait, se vidait. Des strates d'architectures apparaissent, désormais moribondes. La densité de Manhattan s'est évanouie. Plus de congestion. Plus d'extase. Le manhattanisme se raréfie, comme on pourrait le dire de l'oxygène. Plus de gratte-ciel extravagants, plus de grandiloquence usurpatrice. Des zones de hangars et d'entrepôts, de parkings à camions, des boutiques d'électriciens et des quincail-

À cette hauteur de SoHo et de TriBeCa, la ville descend littéralement vers le Lower Manhattan, s'incurve, perd une sorte de stabilité acquise au fil des kilomètres, va s'enfoncer dans la mer…

leries. Des immeubles crasseux, sans folie, et quelques incongruités architecturales : le Calvary Saint George et son portique gothique (Park Avenue South, angle 22e rue), la Metropolitan Life Insurance Company (angle 23e rue). Nous sommes à moins de cinq cents mètres du Flatiron et de Madison Square, mais nous ne voyons ni l'un ni l'autre, ils n'existent plus, nous sommes dans une autre dimension.

À LA 3E RUE QUINN PREND À DROITE, GAGNE LA 2E AVENUE, TOURNE À GAUCHE, PUIS À DROITE PENDANT TROIS RUES JUSQU'À LA 1RE AVENUE. De grands carrefours désolés, des rues sans joie bordées d'immeubles ternes, tristes, et de grandes tours de bureaux. L'East River, toute proche, soulignée par la ligne métallique du Franklin D. Roosevelt Drive et des odeurs de mer, est celle du *Nécropolis* d'Herbert Lieberman, à « l'eau noire et lourde ». Cette ville apparaît soudain comme à l'extérieur de la ville, une ville frontière, que la Tudor City et ses trois mille appartements (sur la 42e rue) ne viennent nullement égayer. Il ne faut pas oublier que ce quartier, appelé au XIXe siècle le Corcoran's Roost, était un repaire de criminels dangereux. Des anciennes brasseries, des vieux abattoirs et autres usines ou hangars jadis présents demeure une atmosphère de profonde désolation. L'architecture industrielle de la Water Side Generating Station (The New York Edison Co.) et le Queen's Midtown tunnel dépassés, on touche au terme du voyage : le banc de pierre de la place du palais des Nations unies où QUINN OUVRE SON CAHIER ROUGE, SORT DE SA POCHE LE STYLO DU

SOURD-MUET ET COMMENCE UNE NOUVELLE PAGE. Les plus courageux peuvent remonter jusqu'à Park Avenue et prendre sur la droite la 69e rue est qui mène à l'appartement de Stillman. Mais le « parcours » proprement dit s'arrête ici, face au siège des Nations unies…

La question posée dès le seuil du périple ne trouve pas ici sa réponse. Que perçoit Quinn de la réalité de ce monde de symboles ? Statue de la Paix (don de l'ex-Yougoslavie), pistolet au canon noué – signe de non-violence, roseraie recensant vingt-cinq variétés de roses, « Transformons les épées en charrue » – sculpture offerte en 1958 par l'Union soviétique… Une place en plein vent, cernée par des tours, une cité de verre dans une cité de verre où d'inévitables écureuils viennent voler des restes de nourriture dans les poubelles. De l'autre côté, dans le prolongement de l'homme à l'épée devenue

« La lumière s'échappe par l'interstice » (*Rayons*).

« Ville : le creuset de notre enfouissement. / Montagne profonde extraite / de la montagne de boue / et de la mémoire » (*Murales*).

charrue, l'East River et Brooklyn où brille une gigantesque enseigne à la gloire de Pepsi Cola. Une place décidément très symbolique qui ne fait pas beaucoup de place aux déshérités, aux errants, à ceux qui ne seront bien que là où ils ne sont pas, à ceux qui sont au bout d'eux-mêmes : « Là où je ne suis pas est l'endroit où je suis moi-même… n'importe où hors de ce monde » (*Cité de verre*). Ou encore, ces quelques mots de Charles Reznikoff :

> « Et tout ce que je dis
> par le vent
> sera emporté. »

« Le monde est dans ma tête, mon corps est dans le monde »

*Oui, j'essaie d'être aussi différent que possible dans chaque livre. Mais je ne cesse de me découvrir de livre en livre. Tu sais bien, un pas dans un livre ou un pas dans la vie : c'est la même chose.**

PAUL AUSTER.

1946

Mariage des parents. Samuel Auster a trente-quatre ans, il est propriétaire d'un magasin de meubles et d'appareils ménagers, mais travaillera plus tard dans l'immobilier. Queenie Bogat en a vingt et un. Elle est née à Brooklyn, il a vécu dans le Wisconsin jusqu'à l'âge de sept ans. « Pendant la brève période où il lui faisait la cour, il avait été chaste. Pas d'avances audacieuses, aucun de ces assauts de mâle haletant d'excitation. De temps à autre, ils se tenaient les mains, échangeaient un baiser poli en se disant bonsoir. En bref, il n'y eut jamais de déclaration d'amour, ni d'une part ni de l'autre. Quand arriva la date du mariage, ils ne se connaissaient pratiquement pas »

Paul Auster avec ses parents, en 1948 : « J'ai été conçu aux chutes du Niagara, dans ce lieu de villégiature pour jeunes mariés... l'idée de ce qui doit avoir été une étreinte sans passion... n'a jamais manqué de me faire considérer avec humilité ma propre précarité » (*L'Invention de la solitude*).

(Paul Auster, *L'Invention de la solitude*). En 1996, Paul Auster publie *Le Diable par la queue*, livre dans lequel figure ce portrait de ses parents : « Mon père était économe ; ma mère était prodigue. Elle dépensait ; lui, non. Le souvenir de la pauvreté n'avait pas cessé de l'obséder, et bien que ses conditions d'existence eussent changé, il ne réussit jamais à y croire tout à fait. Elle, par contre, trouvait grand plaisir dans cette situation modifiée. Elle aimait les rituels de la société de consommation, et à l'instar de tant d'Américains avant et après elle, elle pratiquait les emplettes comme un moyen d'expression, élevé parfois au niveau d'une forme d'art. »

1947

Naissance de Paul Auster à Newark, le 3 février, dans le New Jersey. On trouve dans son arbre généalogique un parent éloigné qui fut maire de Jérusalem entre 1948 et 1951 : « Je ne sais pas à quel point cette information est réelle, mais il semblerait en effet qu'un certain Daniel Auster, membre de ma famille, né dans la même ville de Galicie, Stanislav, que mon grand-père, ait été maire de Jérusalem. Lors de mon voyage en Israël, en 1997, j'ai essayé d'avoir des renseignements. Il aurait été maire deux fois, avant la naissance de l'État d'Israël, dans les années 30, en tant que représentant de la communauté juive ; puis en 1948. Sur l'acte de déclaration d'indépendance, il y a deux signatures : celle de David Ben Gourion et la sienne ! Beaucoup d'histoires circulent à son

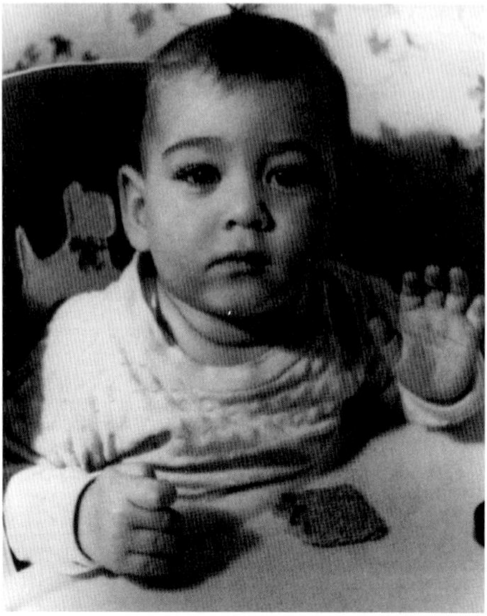

Paul Auster à un an.

sujet. On rapporte qu'il avait deux enfants, que le premier s'est suicidé, et que le second était très malade. On dit aussi que sa femme, qui s'appelait Julia, était très belle. Un jour, un homme, amoureux d'elle, aurait brisé la vitrine où se trouvait sa photo pour la voler !* » Du côté du père, des grands-parents d'Europe centrale, de Stanislav, en Galicie, venus aux États-Unis via Ellis Island. Du côté de la mère, une grand-mère née à Minsk, et un grand-père juif polonais arrivé à Toronto alors qu'il était enfant. « On parlait peu de ces exils, dans ma famille. Mon grand-père paternel est mort avant ma naissance, et ma grand-mère paternelle, qui parlait à peine anglais et qui ne semblait avoir conservé aucun souvenir de sa petite enfance, quand j'avais dix ans. Lorsque sa famille est passée par Ellis Island, on ne se pose pas la question de cette histoire, on est dedans, elle fait partie de soi. Et puis, cela fait si longtemps. Ellis Island est aujourd'hui fermée. Elle n'existe plus comme une chose vivante. Elle est devenue un musée : une chose qu'on visite.* » En 1998, j'ai demandé à Paul Auster pourquoi l'arrêt de la généalogie était un thème récurrent chez lui ? Il me fit cette réponse : « Par la force des choses, ce qui m'intéresse c'est de parler de mes parents plus que de mes grands-parents. J'aimerais savoir d'où je viens, mais je ne possède aucune information, ou lorsqu'elles existent elles sont si éparses, si incomplètes. Par exemple, je sais que ma grand-mère avait tissé des liens avec le monde du théâtre ; que le père de mon père avait eu quatre frères ; que sur cinq garçons trois étaient morts durant la Première Guerre mondiale… Vous voyez, des éclats, des bribes…* »

1950-1952

Naissance le 12 novembre 1950, de Janet, sœur de Paul Auster. « Elle était belle. D'une fragilité hors du commun, elle avait de grands yeux bruns qui se remplissaient de larmes à la moindre émotion. Elle était presque toujours seule, petite silhouette vagabondant à travers une contrée imaginaire d'elfes et de fées, dansant sur la pointe des pieds en robe de ballerine garnie de dentelle, chantant pour elle-même d'une voix imperceptible. C'était une Ophélie en miniature qui semblait déjà destinée à une vie de perpétuelle lutte intérieure » (*L'Invention de la solitude*). Paul Auster grandit dans les banlieues de Newark, à environ une trentaine de kilomètres au sud-ouest de New York : à Easth Orange puis à Maplewood où il ira plus tard au lycée. Il découvre New York vers cinq ans, en se mettant à la fenêtre de l'appartement que ses grands-parents occupent au 240, Central Park South, et qui donne sur Columbus Circle : « Chaque fois que j'entends les mots "New York", la première chose qui me vient à l'esprit, c'est un souvenir. Je regarde par la fenêtre de l'appartement de mes grands-parents, à l'angle de Central Park South et de Columbus Circle. La fenêtre est ouverte, et je me tiens là, un penny dans la main, sur le point de le lâcher pour le regarder tomber dans la rue. À l'époque, je n'ai sans doute pas plus de cinq ou six ans. Juste au moment où j'ouvre la main, ma grand-mère se tourne vers moi et me crie : "Ne fais pas ça ! Si ce penny touche quelqu'un, ça va lui traverser la tête d'un seul coup !" » Le base-ball fait désormais partie de sa vie. Il lui faudra cependant attendre encore quelques années avant de pouvoir intégrer une équipe… Dans toute son œuvre, il y a plus de deux cents références au base-ball qui est incontestablement un de ses thèmes majeurs. Son roman policier, publié sous pseudonyme, en 1982, sous le titre de *Squeeze Play (Fausse balle)*, raconte les déboires d'une ex-star du base-ball, « beau comme un dieu, habile comme un diable », qui n'a qu'un problème : la vie lui reprend morceau par morceau ce qu'elle lui a donné en bloc. Les pages 245-246 de l'édition française sont un chef d'œuvre du genre :

« Pénétrer dans un stade de grandes lignes est une expérience qui ne ressemble à aucune autre [...] En plein cœur de la ville, on se retrouve immergé dans un univers pastoral, à regarder une petite balle blanche voler dans l'espace et dicter le comportement de dix-huit joueurs adultes. Rien au monde n'a plus d'importance que cette balle. Elle vous captive si complètement que lorsque votre troupeau quitte enfin le stade pour retrouver le monde normal, vous la gardez dans l'œil comme l'éclair d'un flash qui vous a aveuglé » (*Fausse balle*).

The Lone Ranger, personnage de feuilleton télévisé particulièrement apprécié par Paul Auster enfant.

1953

Il découvre la statue de la Liberté, au cours de l'été, lors d'une visite mémorable avec sa mère. Cet épisode sera raconté dans *Léviathan*. Une ville, à tort où à raison, existe souvent par ses symboles, ses clichés. Paul Auster a sur la statue de la Liberté – qui brandit un flambeau à l'adresse des « peuples fatigués, pauvres et opprimés, qui aspirent à la liberté » – un regard très particulier : « La plupart des événements commémorent un événement, sont élevés à la gloire d'un haut personnage. La statue de la Liberté célèbre un symbole, très vague, une idée éternelle, nous dit qu'il existe dans le monde une terre où la liberté existe. Et qui nous délivre ce message si immense ? Une dame énorme, assez laide, un peu effrayante, qui a les pieds dans l'eau juste à l'entrée de New York, et dont le modèle fut la propre mère du sculpteur français Auguste Bartholdi.* » Durant toute cette période, le jeune Paul accompagne son grand-père au 250 West, dans le Fisk Building où il travaille. Ce quartier de la 57e rue reste, pour Paul Auster, un de ses lieux fétiches : les bureaux de la *New York Review of Books* se trouvant dans le Fisk Building, il y déposera ses premiers articles ; il y recevra sa première bourse d'écrivain ; montera dans cette même rue les films tournés avec Wayne Wang, et y fera la première projection de *Lulu on the Bridge*.

1955

À la fin d'un match opposant les Giants aux Milwaukee Braves, Paul Auster tombe sur son

Willie Mays, « Say Hey Kid ». « Joueur noir, considéré par le *Sporting News*, dans les années 60, comme le meilleur joueur de ces dix dernières années.* »

idole Willie Mays « Say Hey Kid », qui veut bien lui signer un autographe, mais personne n'a de stylo ! « Je ne voulais pas pleurer, mais les larmes se mirent à m'inonder les joues » (*Pourquoi écrire ?*). Depuis, Auster porte toujours un crayon sur lui, « et je dis volontiers à mes enfants que c'est comme ça que je suis devenu écrivain* ». Bien des années plus tard, un lecteur tombant sur cette anecdote fait parvenir à Paul Auster une balle de base-ball dédicacée par Willie Mays ! Durant cette enfance, Paul Auster entretient avec sa mère une relation « toujours nette, claire, chaleureuse* ». Il n'en est pas de même avec son père : « Les relations avec mon père étaient assez troublantes, et ne sont sans doute pas, aujourd'hui encore, même après sa mort, apaisées. Je ne veux pas dire que je vivais un cauchemar, mais tout cela me semblait vague, oblique, tortueux, difficile, complexe. J'essayais de le comprendre et n'y parvenais jamais. Cet homme m'échappait tout le temps. Je connais des gens comme lui, renfermés, difficiles d'accès, ce qui évidemment n'exclut nullement la tendresse et une forme d'amour. Mes livres ne m'ont pas aidé à résoudre les problèmes que j'avais avec mon père. Grâce à l'écriture, j'ai pu mettre les choses à plat, faire une description des faits, c'est tout. L'écriture ne résout jamais rien. Je me souviens parfois de moments heureux avec mon père. Nous jouions souvent au tennis, sport qu'il adorait ; et surtout il me racontait des histoires totalement inventées et si bizarres, comme celle où il prétendait avoir cherché de l'or, dans sa jeunesse, en Amérique du Sud… *Tu as été déçu quand tu as compris qu'il n'était pas chercheur d'or ?* Un tout petit peu, mais ce n'était qu'une petite déception de plus… *Cela le rend plutôt sympathique, cette histoire de chercheur d'or ? Oui. C'est quelqu'un qui devait chercher son or ?* Oui, exactement, c'est une sorte de métaphore pour sa vie.* »

1953. Paul Auster et sa sœur Janet.

1956-1957

Découverte fondamentale de la bibliothèque d'un oncle, Allen Mandelbaum, traducteur de Virgile et de Homère en anglais : « Ce fut ma première bibliothèque. Sans ces ouvrages, je ne serais peut-être pas devenu écrivain.* » Dans *Moon Palace*, Fogg hérite de la bibliothèque de son oncle Victor. Un lien existe-t-il entre les deux ? « Après avoir écrit *Moon Palace*, je me suis demandé où j'avais bien pu trouver cette idée bizarre des cartons pleins de livres. Je me suis alors souvenu de mon oncle Mandelbaum. Quand j'avais trois ans, il est parti vivre en Europe, et est revenu une dizaine d'années plus tard. Il avait laissé sa bibliothèque, enfermée dans des cartons et rangés au grenier. Un jour, ma mère les a ouverts, les uns après les autres. Elle estimait que tous ces livres qui prenaient la poussière, ce n'était pas bon. Nous les avons placés un par un sur des rayonnages. Voilà comment la lecture est entrée dans ma vie…* » Tombant par hasard sur un numéro de *Mad Magazine*, chez un marchand de bonbons à Irvington, dans le New Jersey, il y découvre avec stupéfaction qu'il a « des âmes sœurs dans le monde », et que d'autres avaient déjà « déverrouillé les portes » qu'il essayait d'ouvrir.

1959

Commence à écrire ce qu'il a appelé par la suite des poèmes et des petits récits stupides : « J'aimais beaucoup lire, et l'idée d'être écrivain m'a très vite enthousiasmé. À douze ans, comme vous pouvez l'imaginer, l'écriture relève d'une idée, d'une fascination, plus que d'une réalité. On devient écrivain parce que la lecture est si importante pour vous que l'idée de participer à ce grand mouvement d'écriture et de lecture s'empare de vous, vous submerge, et l'on poursuit ce grand projet, ce chemin sans trop savoir où l'on va, où cela va vous mener. Il s'agit, au sens propre, d'un véritable *aveuglement.** »

1962

Un jour d'avril pluvieux, il assiste à l'un des tout premiers matchs joués par les Mets de New

Paul Auster à bicyclette. Il est alors âgé de quatre ans.

York, dont le terrain, le Shea Stadium, est à Brooklyn. L'équipe fétiche est battue par les Pirates de Pittsburg. Engloutit successivement Fitzgerald, Faulkner, Hemingway, Dos Passos, Salinger, et quelques autres. Puis il se plonge dans *Crime et châtiment* : « Dès lors, ma vie a changé. L'idée qu'un roman puisse être "ça", je veux dire quelque chose d'aussi extraordinaire, m'a renversé. L'idée de devenir écrivain s'est mise à me hanter encore plus sérieusement qu'avant. Je passais mon temps à écrire des histoires où il était question d'enfants, de jeunes gens solitaires, de poètes aussi. J'avais seize ans et, dans le New Jersey, je me sentais comme en exil intérieur.* »

1963

Passe deux mois comme serveur dans un camp de vacances au nord de l'État de New York, en compagnie d'autres lycéens de son âge. Les aides cuisiniers viennent d'horizons complètement différents. Voici ce qu'il en dit dans *Le Diable par la queue* : « Épaves, clochards des bas quartiers, hommes au passé louche, ils avaient été ramassés dans les rues de New York par le propriétaire du camp et persuadés d'accepter ce boulot mal payé – qui comprenait deux mois au grand air, avec le gîte et le couvert gratuits. Pour la plupart, ils ne restaient pas longtemps. Un beau jour ils disparaissaient, repartis vers la ville sans prendre la peine de faire leurs adieux. » Il rencontre dans ce camp des figures inoubliables : Frank, le philosophe ; Carmen, la femme à barbe ; Joe Mansfield, l'aide-réparateur à la double hernie ; Mike, le gringalet à la langue bien pendue. Assiste à une projection de *Certains l'aiment chaud*, de Billy Wilder : « Lorsque j'étais adolescent, j'ai vécu une expérience qui m'a bouleversé et m'a changé pour toujours. J'ai assisté à la projection du film de B. Wilder. Je me souviendrai toujours de l'apparition de Marilyn Monroe dans sa robe presque invisible. Je me trouvais juste au moment de la vie où je pouvais être sensible à une telle vision. Oui, je le répète, cette robe transparente m'a complètement changé. Je n'en suis pas pour autant parti à la recherche d'une Marilyn Monroe idéale, mais c'était comme une sorte de porte merveilleuse qui s'est alors ouverte sur une autre vie.* » On retrouvera cette idée d'une femme inaccessible dans les premières images de *Lulu on the Bridge*, faites de plusieurs photos d'actrices punaisées sur les murs d'une loge.

1964

Entre, en septembre, en classe terminale de l'école secondaire. En décembre, ses parents divorcent ; la mère ouvre un magasin d'articles pour la cuisine. « Leur rupture avait été si longue à venir que lorsque j'appris la nouvelle, je me sentis moins triste que soulagé » (*Le Diable par la queue*). L'oncle Allen revient aux États-Unis. Le jeune Paul lui fait lire ses premiers poèmes : « Il est très sévère avec moi.* » L'été, il travaille dans le magasin d'appareils électroménagers de son oncle Moe, à Westfield, New Jersey : « Ce petit boulot n'avait vraiment rien de fastidieux. En fait, je peux dire que j'en retirai même une certaine satisfaction. Je rencontrais des personnages incroyables, j'apprenais, à vivre et à me connaître ; et à comment trouver ma place dans le monde.* »

1965

La mère de Paul Auster se remarie avec un homme qui comptera beaucoup pour Paul Auster. Début de ses études à Columbia University, qu'il terminera en 1970. Il étudie les littératures française, anglaise et italienne. Tout en s'engageant contre la guerre au Vietnam, il travaille à ses premières traductions (Jacques Dupin, André Du Bouchet, Yves Bonnefoy, Philippe Jaccottet) : « Quand j'étais très jeune, j'ai beaucoup fait de traductions. C'était comme une sorte de passion : de passion de la découverte. C'est un exercice fondamental pour un jeune écrivain. Il entretient une relation passionnante avec un autre écrivain, il manipule les mots, entre dans la pensée des mots, dans le rythme des mots.* » Commence la rédaction des premières versions du *Voyage d'Anna Blume* et de *Moon Palace*. L'été, pour gagner un peu d'argent, il est jardinier à l'hôtel *Commodore*, dans les Castkill. « Je suis venu étudier à Columbia pour pouvoir être à New York. C'était mon désir le plus cher : vivre à New York ! J'étais dans ce qu'on appelle un *mixt feeling*, hésitant. Je ne voulais pas entamer des études supérieures dans un petit monde clos. Je voulais un monde ouvert, qui me fascinerait, un grand campus. Columbia University constituait, à mes yeux, le lieu idéal. J'y suis resté de dix-huit à vingt trois ans. Ces années de formation furent véritablement fondatrices, fondamentales. Durant ces mois et ces mois, j'ai beaucoup lu, beaucoup écrit, beaucoup pensé, beaucoup souffert aussi… Si je ne devais retenir qu'une chose de ce temps passé à Columbia, ce serait la découverte des

« Jaillissent des rues de New York une terrible énergie, une charge énorme, une sorte de folie, un chaos permanent qui fatigue et qui inspire. Et chacun peut pénétrer dans cette foule avec son humeur du moment.* »

grands textes de la littérature mondiale. Je me souviens, nous passâmes quatre mois à analyser *Tristram Shandy* de Laurence Sterne. Nous avons passé des heures à lire et à relire les textes de Cervantès, Dante, Homère, Shakespeare, Montaigne. Une véritable immersion, un bain mirifique. Quel choc ! Mon cerveau était dans une excitation permanente, j'avais alors tellement d'idées ! À tel point qu'aujourd'hui je puise encore dans le puits inépuisable de mes vingt ans pour trouver des idées !* » Premier séjour d'un mois à Paris. Rencontre et amitié avec S. qui habite dans le quartier de la place Pinel, dans le XIIIe arrondissement. Le récit qu'il en fait, dans *L'Invention de la solitude*, permet de mettre en évidence un de ses thèmes majeurs, celui de la chambre, « contenant un univers entier, une cosmogonie en miniature, comprenant tout ce qui existe de plus vaste, de plus distant, de plus inconnu ». Voyage en Italie, en Espagne et à Dublin, sur les pas de James Joyce qu'il lit avec passion : « J'étais tellement timide que je n'osais même pas parler. J'ai passé deux semaines à Dublin. J'étais seul et n'ai parlé à personne. Je n'osais même pas entrer dans un pub. Je ne faisais qu'arpenter les rues de Dublin en tous sens. C'était effrayant de voir cet imbécile d'adolescent affublé d'une telle timidité.* » Lors de cette expérience, il perd plus de dix kilos… Notons que durant ces années d'études à Columbia, Paul Auster habite successivement au 311, puis au 262 de la 107e rue ouest, et au 601 de la 115e rue ouest. « À l'époque, je changeais souvent d'appartement, mais j'habitais toujours dans le même quartier de Morningside

Heights, qu'on retrouve d'ailleurs dans *Cité de verre*, dans *Léviathan* et dans *Moon Palace*. J'y ai vécu cinq ans lorsque j'étais étudiant, puis de nouveau trois ans lorsque je suis retourné à New York, en 1974, après mon séjour en France. Huit ans dans un même quartier, c'est beaucoup. Huit ans à arpenter les mêmes rues.* » « Arpenter les rues », cette problématique de la marche est, chez Paul Auster, fondamentale. Dans *L'Invention de la solitude*, il confie que ce qu'on fait en réalité quand on marche dans une ville, c'est penser. Lors d'un de nos entretiens, en 2000, il précise : « C'est une idée qui m'est très personnelle. Il est plus facile, pour moi, de me concentrer sur les choses, voire de méditer, lorsque je suis en mouvement. Lorsque j'écris, enfermé dans mon bureau, il m'arrive très fréquemment de me lever et de me mettre à marcher. Ce n'est pas une philosophie : plus simplement, une pratique personnelle, une manière de vivre – ce qui n'est pas la même chose. Disons, une façon naturelle d'être soi. Lorsque je tournais mon film, *Lulu on the Bridge*, je ne restais jamais en place, j'étais toujours debout, malgré la fatigue, l'usure du travail. Ce "concept" de la marche me vient non pas de la littérature mais de la biographie, et plus encore, au-delà de la biographie : du corps, du rythme du corps. Peut-être n'est-ce en somme qu'une sorte de mouvement qui a besoin, pour s'exprimer, de cette fuite dans la marche. Mes livres sont peuplés de personnages non seulement qui marchent mais qui errent dans les villes. Pour moi, le lien entre la marche et le langage est évident. Il y a un rythme des mots qui correspond à un rythme des pas. Je cite souvent cette phrase d'un certain poète russe qui, évoquant *La Divine Comédie*, se demande combien de paires de sandales Dante a usées pour écrire son chef d'œuvre. C'est une très belle idée, n'est-ce pas, que ces mots naissant du rythme des pas… Je vais vous dire : quand on marche, on se perd. Être perdu en marchant, voilà qui m'intéresse beaucoup. Lorsqu'on erre dans une ville, on oublie assez vite où on est. On a le sentiment que les choses changent, mais lentement. Cette expérience n'est pas du tout la même lorsque vous prenez le train ou enfourchez une moto. La vitesse ne permet pas ces changements si lents, presque imperceptibles.* »

1967

Lors de ce second voyage en France, effectué dans le cadre du *Junior Year Abroad Program* – qui permet aux étudiants de faire à l'étranger leur troisième et avant-dernière année de « collège » –, il quitte l'université à la suite d'une mésentente avec son directeur de programme qui rappelle à Auster qu'il est là pour apprendre à parler français (langue qu'il maîtrise déjà) et non pour tenter de suivre les cours de Roland Barthes. « Je n'avais, je crois, plus envie de poursuivre ces études* », conclut Paul Auster qui, de septembre à novembre, se lance dans l'écriture de poèmes – il les rassemblera plus tard sous le titre *Notes from a Composition Book*. Envisageant de rester à Paris (il habite dans un hôtel, rue Clément, qui fait face au marché Saint-Germain), il fait le projet de devenir metteur en scène, échoue au concours d'entrée de l'IDHEC et écrit des scénarios pour des films muets : « Ils étaient longs et très détaillés, soixante-dix ou quatre-vingts pages de mouvements élaborés et méticuleux, où chaque geste était écrit. Un comique étrange, pince-sans-rire. Buster Keaton revisité. Ces manuscrits ont disparu. Je donnerais gros pour savoir où ils sont. J'aimerais bien voir de quoi ils avaient l'air » (*L'Art de la faim*, entretien). Découvre le poète Wallace Stevens. Travaille, deux ou trois jours par semaine, dans la bibliothèque de l'Université de Columbia : « Quelle expérience bizarre ! Enfermé dans la cave en compagnie de milliers de volumes. La commande de livre voyage dans un tube transparent. Je cherche la référence bibliographique, trouve l'ouvrage et le retourne par le monte-charge. La plupart du temps, je n'ai rien à faire, et laisse de vagues rêveries sexuelles et d'étranges idées sur la vie envahirent mon esprit. Un jour, un surveillant, m'attrape par le bras, me demande de le suivre et de lui indiquer où je viens de ranger un certain ouvrage. Ce n'est pas au bon endroit. “Rendez-vous compte, me dit-il, en colère, on mettra peut-être vingt ans à retrouver le livre !” Cette idée est très troublante : un millimètre trop à gauche ou trop à droite, et un livre disparaît de la circulation pendant des années, et un auteur est plongé dans l'oubli…* »

1968

Continue de travailler à *Anna Blume* et à *Moon Palace*. Publie dans *The Columbia Daily Spectator* ses premiers articles consacrés essentiellement au cinéma : *Week-end* de Godard (octobre), *Fireman's Ball* de Milos Forman (novembre), *The Fixer* de John Frankenheimer (décembre), *Mingus* de Tom Reichman, film sur Charlie Mingus (octobre). À Columbia, il est au cœur de la révolte étudiante : « En 1968, la politique est entrée dans ma vie, je me suis cogné contre le vrai monde, la réalité, enfin… J'étais un étrange jeune homme qui voulait à la fois devenir écrivain et ne pas laisser échapper les choses du monde. C'était un moment très dense, intense, difficile de l'histoire des États-Unis. Le campus était le lieu d'émeutes, de manifestations, de grands mouvements de protestations diverses. Mon meilleur ami, camarade d'enfance, était un des meneurs, très engagé politiquement. Il est devenu, d'une certaine façon, un des personnages de *Léviathan*. Un jour, la police a envahi le campus. Comme beaucoup d'autres étudiants, j'ai été arrêté… Mais, comment dire… Je n'ai jamais été un membre très actif, j'étais une sorte de témoin-participant, plus témoin que participant. Je savais déjà que ma place dans le monde était celle de l'écrivain. Si j'avais un rôle à jouer dans cette société, cela ne pouvait se passer que dans le domaine de l'écriture. Voilà, ces années ont constitué une sorte d'éducation terrible et extraordinaire.* »

1969

Obtient un BA (*Bachelor of Arts*) en littératures anglaise et comparée. Publication dans la *Columbia Review Magazine* (automne 1969) d'une fiction qui peut être considérée comme la forme préliminaire du *Voyage d'Anna Blume* : « Letter from the City ».

Écrit « des centaines et des centaines de pages* », remplit « des douzaines de carnets de textes en prose* » qu'il ne montre à personne parce qu'il n'en est pas satisfait. Un ami le met sur la piste d'un éditeur de romans érotiques qui cherche des plumes. Chaque livre est payé quinze dollars. Son inspiration tarissant après trente pages, Auster se lance dans la critique de livre, et publie des articles dans *University Review*, sous le pseudonyme de Paul Quinn, touchant vingt-cinq dollars par contribution (l'un des articles était consacré au livre de Céline, *D'un château l'autre*). Il doit quitter son appartement. Un ami l'héberge quelques semaines dans un loft entre Chatham Square et le pont de Manhattan. Vit quelque temps dans une chambre dont l'unique fenêtre donne sur la 10e rue entre les 5e et 6e avenues. Découverte de Chinatown : « Il y a plus de trente ans, des amis m'avaient prêté un loft situé entre Sutton Square et le pont de Manhattan, sur East Broadway. J'y suis resté plusieurs semaines. C'était comme voyager sur une autre planète. Lorsque je travaillais avec Wayne Wang à *Smoke* et à *Blue in the face*, la production possédait un bureau à Lafayette Street, juste à la lisière de Chinatown. Nous y allions souvent manger. Je n'y étais pas retourné depuis l'époque du loft. C'était tellement bizarre. J'ai essayé de tourner autour de cette question dans *Moon Palace*. Lorsque Fogg sort de chez lui, il raconte qu'il se sent comme dans un pays étranger, qu'il se sent complètement désorienté, confus. Cela passe par des choses extrêmement simples comme faire ses courses, par exemple, en ne communiquant avec le vendeur qu'avec ses mains, ses doigts. On fait des gestes, on montre.* » Termine des traductions commencées en 1967 (Paul Eluard, André Breton, Tristan Tzara, Philippe Soupault, Robert Desnos, René Char, André Du Bouchet, Jacques Dupin).

1970

Termine, à l'Université de Columbia, son *MA* (*Master of Arts*). Passe l'été à New York où il travaille pour le recensement à Harlem (expérience relatée dans *La Chambre dérobée*). S'engage en août sur un pétrolier croisant dans le golfe du Mexique, le *Esso Florence*, ancré à Elizabeth, New Jersey : « J'étais astreint aux tâches les plus basses : je faisais les lits, je nettoyais les toilettes. J'ai été par la suite affecté à l'entretien du pont, je me suis occupé du service des repas ; je faisais mon travail en deux heures : il me restait vingt-deux heures de libres pour écrire…* » Avec l'argent gagné durant ces deux mois éprouvants, il projette de venir à Paris. Travaille à *Moon Palace*. Publication de l'article « L'art de la faim », consacré au premier roman de Knut Hamsun, *La Faim*. Rassemble dix poèmes sous le titre *Rayons* (cf. *Disparitions*, Unes-Actes Sud, 1994). Commence la rédaction du recueil de poèmes *Unearth*, qu'il terminera en 1972.

1971

S'installe à Paris en février : « J'ai choisi la France parce que je parlais le français. Je ne pensais pas y rester quatre ans. Ça m'a vraiment aidé, cette distance. Quand vous vivez à l'étranger, vous êtes obligé de revenir à vous-même.* » Il habite dans le XVe arrondissement avec son amie, et cela jusqu'à la fin de l'année. Pour subsister, il accepte des travaux alimentaires : traducteur, professeur d'anglais, nègre, standardiste à l'antenne parisienne du *New York Times.* Nouvelles traductions de textes de Jacques Dupin. Rencontre Claude Royet-Journoud qui lui fait redécouvrir Mallarmé, et notamment son livre *Pour un tombeau d'Anatole* qu'il décide de traduire : « J'ai toujours éprouvé une vive admiration pour la poésie de Stéphane Mallarmé. Certains de ses poèmes ont même été très importants pour moi, mais toujours d'un point de vue strictement littéraire, philosophique, comme une source d'inspiration susceptible de me conduire à une structure poétique pure. Je n'avais, en fait, jamais éprouvé de grandes émotions à la lecture de son œuvre. Un jour, alors que je vivais à Paris, Claude Royet-Journoud m'a donné ce livre intitulé *Pour un tombeau d'Anatole*, dans l'édition établie par Jean-Pierre Richard (Éd. du Seuil), en me disant que ce texte l'avait profondément ému et qu'il devrait me plaire. La lecture de ces pages m'a bouleversé. Mallarmé avait, à mes yeux, quelque chose de très “cuit”, et là, je me retrouvais en face d'une étrange littérature, “crue”, pleine de passion, chargée d'une violente intensité. Cette énergie, si puissante, m'a véritablement changé. Voilà la raison pour laquelle j'ai voulu traduire ce livre.* » Publication de « Jacques Dupin », article dans lequel on peut notamment lire : « La force de cet écrivain n'est pas la force de la transcendance, mais celle de l'immanence et de la réalisation. » Croise le funambule Philippe Petit, qui jouera par la suite un rôle important dans sa vie et dans son œuvre. Commence la rédaction d'un recueil de poèmes, intitulé *Wall Writing*, qu'il terminera en 1975.

1972

Le couple se sépare. Jacques Dupin cède à Paul Auster une minuscule chambre de bonne, rue du Louvre. Fait la connaissance d'André Du Bouchet, et rencontre des peintres, notamment autour de la galerie Maeght, comme Riopelle : « Il habitait dans une petite maison à 50 km de Paris, avec Joan Mitchell. Nous passions des soirées bien arrosées, et le matin, de très bonne heure, il montait dans la chambre où je dormais et criait "Paul ! Paul ! Réveille-toi, c'est l'heure d'aller à Paris !" Nous montions dans sa voiture, et il nous emmenait tous à Paris, en conduisant comme un fou. Ce qui me fascinait, chez lui, c'était cette énergie incroyable qui lui faisait oublier les limites de son corps, ce mouvement si vaste… Il pouvait passer des mois sans rien faire, et tout à coup il s'enfermait dans son atelier et travaillait durant des semaines, dans une sorte d'extase.* » Décide de ne plus écrire de fiction et de s'en tenir, « puisque le résultat était mauvais* », à la poésie et aux essais critiques. Il ne recommencera à écrire de la prose qu'avec *L'Invention de la solitude*. Visite du père à Paris, le seul voyage qu'il ait jamais fait en Europe : « Notre rencontre sortait tout droit de Dostoïevski : le père bourgeois rend visite à son fils dans une ville étrangère et trouve le jeune poète, seul dans une mansarde, dévoré par la fièvre. [...] Il était devenu très protecteur, plein d'indulgence... » (*L'Invention de la solitude*). Accepte la proposition d'un producteur de cinéma, pour lequel il faisait divers petits travaux, de partir pour le Mexique afin d'aider sa femme à écrire un livre que lui avait commandé un éditeur anglais ; son thème : Quetzalcoatl. Avec l'argent, il prend un nouvel appartement rue Descartes, avec son ancienne amie « qui était revenue, parce que c'est toujours comme ça...* » Traductions de textes de René Daumal et d'Edmond Jabès. Première publication importante de ses poèmes, *Spokes*, dans le numéro de mars de *Poetry*. Rassemble dix-sept poèmes sous le titre *Nonterre* (cf. *Disparitions*). Les éditions Siamese Banana Press publient, à New York, sa *Little Anthology of Surrealist Poems* : « Mallarmé n'y figure évidemment pas, parce que cette anthologie était consacrée à des poètes du XXe siècle. Mais, c'est une certitude : Mallarmé est comme un pont qui annonce la poésie moderne. Sans lui, la poésie du XXe siècle aurait évolué d'une manière totalement différente.* »

1973

Alors qu'il avait décidé de rentrer aux États-Unis, un ami lui offre de garder sa maison de campagne, dans le sud de la France. Il s'installe, avec son amie, à Moissac-Bellevue, près d'Aups, dans le Var. Ce séjour est commenté dans le deuxième récit du

Carnet rouge : « Nous étions alors tous deux à bout de ressources, et sans cette offre nous aurions été obligés de rentrer en Amérique – ce que nous n'étions prêts ni l'un ni l'autre à faire à ce moment-là. [...] D'autre part, nous vivions en permanence au bord de la catastrophe. » Découvre dans la bibliothèque de la ville de Moissac-Bellevue une « drôle de collection* » de livres noirs et jaunes : « Il s'agissait pour la plupart de traductions d'auteurs américains quasiment inconnus aux États-Unis. Je les ai dévorés avec passion et ai ainsi passé un formidable été à lire, en France, cet étrange reflet de la réalité de mon pays.* » Publication, dans *La Revue des Belles-Lettres*, d'extraits de *Unearth*, traduits par Philippe Denis. Avec Mitchell Sisskind, il édite la revue *Living Hand*. La couverture de la première livraison est confiée à Joan Mitchell. Publication d'essais critiques sur Laura Riding, « premier poète américain qui a conféré au poème la valeur et la dignité d'une lutte », et sur André Du Bouchet, dont le silence, qui se trouve à la source de ses poèmes, est « aussi fort que la force de n'importe quel mot ».

1974-1975

Publication en juin, de la première édition américaine de *Fits and Starts : Selected Poems of Jacques Dupin* et de *Unearth* (Living Hand éd.), son premier recueil de poèmes : « Il n'eut, bien entendu, aucune vie publique. Il ne fut lu que par d'autres poètes.* » Les éditions Maeght publieront en 1980 une édition bilingue du recueil, accompagnée de dessins de Jean-Paul Riopelle. Retour à New York en juillet, « avec en tout neuf dollars en poche ». S'installe, avec Lydia Davis, dans un immeuble de Riverside Drive ; ils y vivront deux ans : « New York est une ville entourée d'eau. De cet appartement du quartier de Riverside Park, à Manhattan, j'avais une vue imprenable sur l'Hudston River, fleuve sillonné d'une multitude de bateaux. C'était extraordinaire. En août 1970, j'ai travaillé sur un pétrolier qui croisait dans le golfe du Mexique. Je me souviens très bien du retour à New York, du premier arrêt à State Amont, puis du bateau qui vous conduit à Manhattan. L'eau était présente partout. La Seine, à Paris, est un fleuve sage qui coule au milieu de la ville, qui fait partie de la vie quotidienne des gens. À New York, l'eau est partout, le grand large, les paquebots, les voiliers, on trouve des plages à Brooklyn, à Queens. Avant l'invention du métro, pour descendre dans le bas de la ville, *downtown*, on prenait le bateau. C'est ce que faisait Edgar Allan Poe…* » Le jour de son mariage avec Lydia Davis, en octobre 1974, Paul Auster reçoit un coup de téléphone pour le moins inattendu : « Il était prévu que la cérémonie aurait lieu dans l'appartement, vers midi. À onze heures, quelques instants à peine avant que les invités n'arrivent, le téléphone sonna et une voix qui m'était étrangère demanda à me parler : "C'est Charles Reznikoff", dit la voix chantante, faisant des méandres ironiques, avec une évidente bonne humeur. Je lui expliquai que je ne pouvais lui parler parce que je me mariais. Charles Reznikoff a éclaté de rire : "C'est la première fois que j'appelle un homme le jour de son mariage ! *Mazel tov, mazel* *tov !*" » (Paul Auster, *Souvenir de quelque chose qui est arrivé un jour à ma mère*). Travaille chez un libraire spécialisé en bibliophilie (expérience qu'il racontera dans *Le Diable par la queue*), dont le bureau se trouve au 25 de la 69e rue est, et qui édite un important catalogue à la rédaction duquel participe Paul Auster, *Ex-libris* : « Un fonds de livres d'art spécialisé dans des publications en rapport avec l'art du XXe siècle. Je me souviens d'un catalogue réalisé pour une exposition Marcel Duchamp. La couverture en était un sein en caoutchouc au-dessus duquel était inscrit cette invitation étonnante : "Prière de toucher". Mais comme le catalogue était devenu un objet précieux, je devais l'emballer sous des tonnes de plastique et de papier. Il ne lui manquait plus qu'une étiquette : "Prière de ne pas toucher" ! » Écrit de nombreux articles dans les journaux : « Pages pour Kafka », à l'occasion du cinquantième anniversaire de sa mort ; « New York Babel », consacré au roman de Louis Wolfson *Le Schizo et les Langues* ; « L'instant décisif », autour de Charles Reznikoff ; « Noir sur blanc », sur la peinture de David Reed ; ainsi que des textes sur le mouvement Dada, Beckett, John Ashbery, Walter Raleigh, Paul Celan, et Laura Riding. Traduit Joubert, Sartre, Simenon. Fait divers travaux d'édition dont la relecture du manuscrit de Jerzy Kosinski, *Cockpit*, « afin de s'assurer que l'anglais est parfait ». Lit et relit les grands auteurs : Kafka, Hamsun, Beckett, Paul Celan. « Années sombres : mon ambition était d'être romancier. J'avais des carnets remplis de mots, mais pour rien et pour personne.* » Reçoit l'Ingram

Merrill Foundation Grant for Poetry (prix de poésie de la Fondation Ingram Merrill). Rédige *Disappearances*, recueil de poèmes. Commence, selon ses propres termes, une « traduction sommaire » d'une quarantaine de textes extraits de *Pour un tombeau d'Anatole*, de Stéphane Mallarmé.

1976

Publication du deuxième recueil de poèmes de Paul Auster, *Wall Writing* (The Figures éd.), dont la couverture est dessinée par David Reed, ainsi que de *The Uninhabited*, un choix de textes d'André Du Bouchet. Afin de répondre aux aspirations nouvelles qu'il sent grandir en lui, il compose plusieurs pièces de théâtre en un acte. Des éléments de la première, *Laurel and Hardy go to the Heaven*, seront réutilisés dans *La Musique du hasard*. La deuxième, *Blackouts*, publiée dans son intégralité et pour la première fois en France dans le numéro du *Magazine littéraire* consacré à Paul Auster (n° 338, décembre 1995), constitue la version matricielle de *Ghosts*. La troisième, *Hide and Seek*, réapparaîtra sous la forme de quelques phrases dans *Le Voyage d'Anna Blume*. L'une d'elles, « à son éternel regret* », assure Paul Auster, est montée… Il s'agit de *Laurel and Hardy go to the Heaven*, jouée lors d'une représentation privée organisée par John Bernard Myers dans l'ancien atelier de Mark Rothko. Paul Auster séjourne dans les montagnes des Laurentides, au Québec, et en Californie. Entreprend la rédaction de *Effigies* et de *Fragments from Cold* (poèmes). Publication d'articles sur le poète américain George Oppen, l'œuvre de Giuseppe Ungaretti, la poésie de Carl Rakosi, et la peinture de Jean-Paul Riopelle ; l'article consacré à Edmond Jabès se termine par ces mots : « Les morts ne peuvent être ramenés à la vie. Mais on peut les entendre, et leurs voix vivent dans le livre. »

1977

Naissance de son fils Daniel : « Être parent, cela vous relie à un monde qui vous déborde, au continuum des générations, à l'inévitabilité de votre propre mort. On comprend qu'on existe dans le temps, et à partir de ce moment on ne peut plus savoir de la même façon » (*L'Art de la faim*). J'ai demandé en 1998, à Paul Auster, de préciser pourquoi il m'avait confié qu'il était arrivé à écrire des romans après être devenu père, voici sa réponse : « Quand je suis devenu père, j'ai enfin réussi à écrire des textes en prose qui me satisfassent. Écrire n'était pas devenu plus facile, mais possible. J'ai trouvé une entrée dans un processus qui semblait jusqu'alors bloqué. C'est peut-être une coïncidence, mais je crois que cette idée d'être père, c'est-à-dire de ne plus vivre que pour soi, d'avoir des responsabilités, m'a propulsé dans une autre dimension. On se voit dans ce qu'on pourrait appeler une "ligne de chronologie", vous comprenez que vous appartenez à une génération qui va passer tandis qu'une nouvelle va venir prendre la place de la précédente. Vous avez tout à coup une autre vision du temps. Je crois que ce placement différent, dans le déroulement du temps, déclenche en vous une nouvelle façon de raconter.* » En collaboration avec sa femme, Lydia

Davis, il traduit des textes de Jean-Paul Sartre, Jean Chesneaux et Alain Bouc. Termine la traduction du livre de Pierre Clastres, *Chronique des Indiens Guyaki*, qui ne sera publiée chez Zone Books (New York) et Faber & Faber (Londres) qu'en 1998, après qu'un jeune collectionneur d'éditions originales eut retrouvé les épreuves non corrigées de cette traduction perdue chez un bouquiniste ! Publication du recueil de poèmes *Fragments from Cold* (Parenthèse). Article intitulé « Les lettres de Kafka », dans lequel évoquant la mort de l'auteur du *Château*, il écrit : « Il avait quarante et un ans et se trouvait au seuil d'une vie nouvelle, plein d'espoir en l'avenir. Aujourd'hui encore, le sentiment de perte est presque insoutenable. »

1978

Année très éprouvante : « Tout allait mal. Je n'avais pas d'argent, mon mariage se désintégrait.* » Pour tenter de gagner un peu d'argent, Paul Auster invente un jeu de cartes simulant une partie de baseball, *Action Baseball* : échec total. Il figure, reproduit en couleurs, aux pages 247 à 254 du *Diable par la queue* (Actes Sud, 1996). La description du jeu commence par ces mots : « Du score final au ratio entre balles et prises, du nombre de coups sûrs et d'erreurs collectionnés par chaque équipe au nombre de vols de base réussis ou manqués, d'amortis sacrifice et de doubles jeux, *Action Baseball* se déroule avec toute la fièvre d'une partie en chair et en os. » Après le désastre du jeu de cartes, Auster se lance dans le roman policier. Il en écrit un sous pseudonyme et l'envoie au seul éditeur qu'il connaisse. Celui-ci lui demande de le retravailler et de le publier sous son vrai nom. Auster refuse. L'histoire de ce livre est significative. Paru finalement en 1982 chez Alpha Omega Books, *Squeeze Play* resta longtemps le livre caché de Paul Auster. Lorsqu'il est publié en France, en 1992, il l'est sous le pseudonyme de Paul Benjamin et aux éditions Gallimard qui ne sont pas l'éditeur habituel de l'écrivain. Quand nous travaillerons à l'élaboration du dossier Paul Auster pour le *Magazine littéraire*, en 1995, puis pour la publication du *New York de Paul Auster*, et à une troisième reprise, lors de nos entretiens publiés sous le titre *La Solitude du labyrinthe*, il me demandera de ne pas mentionner cet ouvrage, qu'il m'offre alors avec la dédicace suivante : *For Gérard – our secret, « Paul Benjamin »* … Rédaction de *Facing the Music* (poèmes). Publication de l'article consacré à William Bronk, « l'Amérique engloutit ses poètes, les dissimule, les oublie. Exception faite des rares élus de la gloire », y note Auster. Reçoit le prix du Centre de traduction Columbia-PEN (Columbia-PEN Translation Center Award) et le prix de poésie du Service public des artistes créateurs (Creative Artists Public Service – CAPS – Grant for Poetry).

1979

Plusieurs événements importants se produisent cette année-là. Paul Auster se sépare de sa femme, la traductrice Lydia Davis, et prend un appartement au 6, Varick Street à TriBeCa : « J'ai éprouvé là des choses très importantes pour moi, formatrices. C'était horrible. La misère absolue. » Un ami le convie à assister à la répétition d'un spectacle de danse. « La fluidité absolue » de ce qu'il voyait, le « mouvement continu des danseurs sur le sol » lui procurent une joie intense. Le lendemain, il commence la rédaction de son premier texte en prose (*White Spaces*). Tandis qu'il y met la dernière touche, il apprend par téléphone la mort soudaine de son père : « J'ai écrit *Espaces blancs* en un mois et je l'ai terminé un samedi de janvier 1979. Il devait être deux ou trois heures du matin, je suis allé me coucher. J'avais la certitude que ce texte formerait le pont entre mes deux vies d'écrivain. Le téléphone a sonné à huit heures, c'était mon oncle qui m'apprenait la mort de mon père – une mort subite. J'ai eu aussitôt une certitude : je savais qu'il me faudrait écrire sur mon père… j'ai commencé *L'Invention de la solitude* quelques semaines plus tard, en prose, cela venait naturellement. » L'héritage modeste légué par son père lui permet de continuer d'écrire quelque temps. En août, son fils Daniel, très gravement malade, est transporté à l'hôpital. « Ce n'est qu'à ce moment, il s'en était rendu compte ensuite, qu'il avait enfin pris conscience de toute l'étendue de sa paternité : la vie de cet enfant comptait plus pour lui que la sienne », écrira-t-il, plus tard, dans *L'Invention de la solitude*. Il retrouve ses traductions du poème de Mallarmé, écrit comme on sait en 1879 au chevet de son fils mourant : « Une situation presque similaire… J'avais travaillé une première version de ma traduction quelques années auparavant, avant la naissance de mon fils, et curieusement j'ai éprouvé le besoin de m'y replonger à ce moment précis de ma vie. Je ne sais pas d'ailleurs si la maladie de mon fils est un événement qui m'a transformé, il fait partie de ces événements difficiles durant lesquels la seule chose à espérer c'est de survivre. On est impuissant, il n'y a plus rien à faire, sauf prier peut-être… Je pense que pour Mallarmé, ses poèmes étaient comme une sorte d'action de grâce. Une prière, oui, pour que son fils vive. C'est étrange, il pensait avoir transmis à son fils du mauvais sang. Les pères se sentent toujours coupables…* » Publication d'un livre de Jean Chesneaux, traduit avec Lydia Davis, et de *Aboard the Aquitaine*, texte de Simenon appartenant à *African Trio*. NEA Literary Fellowship for Poetry (membre littéraire du NEA de poésie).

1980

Ne pouvant plus vivre au 6, Varick Street, Auster cherche un appartement moins cher : il n'y a qu'une seule solution, traverser l'East River et rejoindre Brooklyn… Il s'installe en janvier dans un appartement à Brooklyn, rue Carroll, dans Carroll Gardens, où il vit la moitié de la semaine avec son fils, Daniel, maintenant âgé de trois ans. Publication de *White Spaces* (Station Hill éd.), et d'un recueil de poèmes : *Facing the Music* (Station Hill éd.). Rencontre le funambule Philippe Petit qu'il avait croisé en 1971 sur le boulevard du Montparnasse : « Il roulait en monocycle tout en jonglant. J'ai été très impressionné lorsque j'ai appris peu après qu'il avait tendu un câble entre les tours de Notre-Dame et qu'il avait marché dans les airs pendant des heures. Ce qui me frappait, c'était le côté clandestin de son entreprise. » Commence à travailler à un projet d'anthologie de la poésie française du XXe siècle.

1981

Le 23 février, dit déjà la légende, malgré le blizzard et un mauvais rhume, Paul Auster se rend à une lecture publique, invité par un ami, dans une librairie de la 92e rue. Il y rencontre Siri Hustvedt. Le coup de foudre est immédiat. Vingt ans plus tard, Siri Hustvedt me donne sa version de la fameuse rencontre : « Je m'en souviens très bien. Je regardais devant moi, et là, au milieu des rayonnages de la librairie se trouvait un très bel homme, réellement un très bel homme, habillé avec élégance, fumant un petit cigare. J'en conclus qu'il devait s'agir de l'écrivain dont m'avait parlé mon ami. Je dois avouer que j'en suis tombée amoureuse en trente secondes ! Un vrai coup de foudre ! Comment appeler cela autrement ? Nous avons parlé ensemble des heures et des heures. Puis nous avons pris tous les trois un taxi, mon ami, Paul et moi. Pendant que le taxi avançait dans les embouteillages, Paul m'a parlé du poète George Open. Voilà, je me souviens juste de ces deux choses : le coup de foudre immédiat et la conversation autour de George Open…* » En mai, ils décident de vivre ensemble. Essais sur Knut Hamsun et Apollinaire.

1982

Mort de son beau-père. Événement qui lui procure un réel chagrin : « Cet excellent homme au

Roman policier de Paul Auster publié sous le pseudonyme de Paul Benjamin, qui est aussi le nom du personnage joué par William Hurt dans *Smoke*...

cœur généreux m'avait fidèlement soutenu dans mes ambitions vagues et irréalistes » (*Le Diable par la queue*). Déménage, avec Siri, dans un appartement plus grand à Tompkins Place, dans South Brooklyn, et se marie en juin. Le jeune couple vient passer à Paris sa lune de miel. Avant qu'il ne rentre aux États-Unis, un ami de Paul Auster lui offre un petit carnet rouge. Il y écrit l'histoire d'un écrivain qui pénètre dans son carnet « comme dans un autre monde, un univers onirique où le passé et le présent sont confondus, où d'étranges phénomènes météorologiques ont lieu, orages et beaux jours se succédant rapidement » (interview donnée au *Nouvel Observateur*, avril 2004). Ce récit d'une vingtaine de pages, vite abandonné, constituera un des points de départ de son roman *La Nuit de l'oracle*, publié vingt-deux ans plus tard… Publication de sa remarquable anthologie de la poésie française du XXe siècle : *The Random House Book of Twentieth Century French Poetry* ; remarquable par son choix, mais aussi par les traducteurs retenus : Ashbury, Beckett, Bowles, Creeley, Dos Passos, Eliot, Ferlinghetti, Gascoyne, Pound, Rothenberg, etc. Parution de *Squeeze Play* : « J'ai reçu un matin un coup de téléphone d'un inconnu qui lançait une maison d'édition et me demandait si je n'avais pas de manuscrit. Je me suis souvenu du roman oublié. Je lui ai donné. Le livre a été fabriqué et la maison d'édition a fait faillite avant qu'il soit distribué ! J'en ai eu assez et j'ai chargé un agent littéraire de me trouver un éditeur. On m'a offert un à-valoir de deux mille dollars et j'ai donné mon accord. Le livre est paru en poche quelques mois plus tard. » Publication de *The Art of Hunger and Other Essays* et de *The Invention of Solitude*. Ce premier livre, publié chez un petit éditeur, reçoit un succès d'estime. « *L'Invention de la solitude* essayait de donner une réponse à la question suivante : "la mort d'un proche rend-elle impossible l'écriture d'un livre ?", et tentait d'affronter cette grande souffrance : la mort très récente de quelqu'un de proche. Dans le cas de Mallarmé, quand il écrit *Pour un tombeau d'Anatole*, il s'agit non pas d'une réaction à la mort mais d'une réaction à la peur de la mort. Il prenait des notes, il écrivait au chevet d'Anatole. Il était à ses côtés, nuit après nuit. Il écrivait alors que le petit garçon vivait toujours. Quand j'ai écrit *L'Invention de la solitude*, mon père venait juste de mourir. Mallarmé écrit au cours de semaines pleines d'incertitudes, interminables. Dans mon cas, c'est complètement différent : je suis en face du fait brut et je réagis. Mais ce livre ne m'a pas permis de devenir quelqu'un d'autre. D'ailleurs, je n'ai jamais eu la sensation qu'un livre pouvait résoudre les problèmes. Écrire, c'est poser des questions, essayer de répondre. Mais les solutions échappent toujours. Peut-être est-ce pour cela que les écrivains continuent d'écrire. Les écrivains ne sont pas des scientifiques qui résolvent des équations : ils ne donnent jamais aucune réponse, et cela d'autant moins quand meurt leur fils de huit ans.* »

1983

Publication de sa traduction d'un choix de textes de Joseph Joubert, *The Notebooks of Joseph Joubert*, et de sa traduction de *Pour un tombeau d'Anatole* (*A Tomb for Anatole*) de Stéphane Mallarmé, chez North Point Press. Publication d'un essai sur Charles Reznikoff.

1984

Reçoit le Ingram Merrill Foundation Grant for Prose (prix de prose de la Fondation Ingram Merrill).

1985

Traduit, par amitié, en anglais, le livre de souvenirs du funambule Philippe Petit : *On the High Wire*. Il écrit, dans sa préface : « L'art du funambule n'est pas un art de mort mais un art de vie – de vie vécue à l'extrême de la vie. C'est-à-dire une vie qui ne se cache pas de la mort mais la regarde en face. » Publication de *Vicious Circles & After Fact*, de Maurice Blanchot, texte traduit en 1981-1982. Malgré le succès de *The Invention of Solitude*, *City of Glass* est refusé par dix-sept éditeurs avant de paraître enfin ! Il figure sur la liste du Edgar Allan Poe for Best Mystery Novel of 1985 (prix Edgar Poe du meilleur roman à mystère) : « L'éditeur vint de Los Angeles à New York et, après le dîner, nous invita tous à prendre un verre à l'Algonquin… Je portais mon unique veste acceptable et ma seule cravate présentable… L'événement exigeait que l'on sablât le champagne… Le serveur est arrivé avec une bouteille à la main et l'a débouchée si maladroitement que le contenu a fusé sur mes pauvres vêtements, un vrai tuyau d'arrosage ! J'étais trempé des pieds à la tête… Ce fut mon baptême littéraire…

Comme un bateau.* » Paul Auster préface *The Sin of The Book : Edmond Jabès*, et republie l'entretien qu'il avait eu avec Edmond Jabès en 1978. NEA Literary Fellowship for Prose. Première publication en français de l'œuvre de Paul Auster. Il s'agit de son recueil de poèmes *Espaces blancs*, qui paraît aux éditions Unes dans une traduction de Françoise de Laroque.

1986

Professeur (jusqu'en 1990) à Princeton, il commence par enseigner la *creative reading*, puis abandonne assez vite au profit d'un cours de traduction. Effectue un remplacement à Columbia durant un semestre : « Chaque fois que je mettais les pieds sur le campus, j'éprouvais comme une étrange tristesse, incompréhensible, bizarre. Je crois que nombre de mauvais souvenirs remontaient à la surface, des angoisses du passé. Ces années n'ont peut-être pas été aussi bonnes, aussi joyeuses que je l'avais pensé…* » Publication de *Ghosts* et de *The Locked Room*, les deux derniers volets de la *Trilogie new-yorkaise*. Traduction de textes de Joan Miro : *Selected Writings and Interviews*. Publication dans *Paris Review* de passages de *In the Country of Last Things*.

1987

S'installe à Park Slope, 3e rue. Publication de *The New York Trilogy*, et de *In the Country of Last Things*, projet élaboré vingt ans auparavant : « Anna Blume regarde par la fenêtre d'un train et voit le paysage qui défile à grande vitesse. Elle trouve cela si beau qu'elle aimerait pouvoir en garder le souvenir, mais la vitesse du train lui interdit de conserver toutes ces images dans sa tête, et elle en éprouve une grande tristesse. La marche est un rythme qui rend possible l'émergence des souvenirs. Se souvenir, penser, c'est presque la même chose, non ? Un ami poète, grand marcheur, qui était capable d'aller de New York à Cap Cod à pied, m'a dit qu'il ne faisait jamais plus de deux miles à l'heure afin de ne pas perdre des choses, de ne rien oublier de ce qu'il voyait. Cette idée de la "qualité" de la marche est quelque chose de fondamental.* » Publie dans la revue française *Banana Split* des extraits de *Fragments du froid*. Publication dans *Art News* de son essai *Moonlight in the Brooklyn Museum*, et dans *The New York Review of Books*, d'un article sur Georges Perec, « Les folies Bartlebooth ». Actes Sud commence la publication en français de l'œuvre de Paul Auster, avec son roman *Cité de verre*, dans une traduction de Pierre Furlan. Dans sa chronique du *Monde*, Nicole Zand parle d'une « étrange série policière qui vous fait parcourir New York comme si vous y étiez » et cite Paul Auster : « Je ne sais pas si les amateurs de romans policiers seront satisfaits, je pense qu'ils seront déçus. Pour moi, c'est un genre qui permet d'aborder autre chose. Par exemple, dans un de mes livres favoris, *Don Quichotte*, Cervantès se sert des conventions du roman de chevalerie pour arriver à autre chose. Chez Beckett, *En attendant Godot* est aussi une pièce de music-hall. »

1988

Naissance de Sophie, fille de Paul et de Siri : « Être père d'un fils et être père d'une fille, sont deux plaisirs différents. Freud a dû dire de grandes vérités à ce sujet… Le fils procure une sorte de révolution, une sorte de reconnaissance. C'est le même sans être le même… Une fille donne un immense plaisir, une sorte de *light*, le bonheur de se regarder l'un l'autre dans ses différences.* » Son agent littéraire le convainc d'écrire une nouvelle version de *La Machine à explorer le temps*. Paul Auster, qui a besoin d'argent, réinvente donc une histoire autour du meurtre de Kennedy. Le projet avorte. Mais lorsque en 2002, Paul Auster écrit *La Nuit de l'oracle*, Sidney Orr, le narrateur du livre, essaie, lui aussi, d'écrire une adaptation d'un roman de H. G. Wells… Publication de *Disappearances : Selected Poems*. Préface *The Selected Poems of Edmond Jabès*.

1989

Publication de *Moon Palace* : « Mon livre le plus long et sans doute celui qui s'enracine le plus dans un temps et un espace spécifiques.* » Siri Hustvedt, qui n'avait jusqu'alors publié qu'un petit recueil de poésie de trente-deux pages, se lance dans le roman. *Les Yeux bandés* (Actes Sud, 1993) connaîtra un succès immédiat. Le chroniqueur du *New York Times* parlera d'Harold Pinter et de Peter Handke, de Samuel Beckett et de Thomas Bernhard. Le livre, récit en quatre histoires d'une dépossession de soi, a, depuis sa sortie, été traduit en plusieurs langues. Essai sur sir Walter Raleigh (*City Limits Magazine*). Rencontre

« Quand on marche, on se perd. Être perdu en marchant, voilà qui m'intéresse beaucoup. Lorsqu'on erre dans une ville, on oublie assez vite où on est. On a le sentiment que les choses changent lentement. * »

avec Wim Wenders. Le cinéaste allemand, qui a lu tous les livres de Paul Auster, souhaite travailler avec lui. Il lui propose d'écrire une histoire basée sur l'épisode du *Faucon maltais*, où un certain Flitcraft plaque tout, du jour au lendemain, et disparaît afin de vivre une autre vie. Le film, faute de producteur, ne peut se monter, mais l'histoire de Flitcraft servira à Paul Auster lorsqu'il créera, dans *La Nuit de l'oracle*, le personnage de Nick Bowen.

1990

Publication de *The Music of Chance*, contenant dans son titre même l'un des mots clés de l'univers de Paul Auster : chance. Projet de film avec Wim Wenders, mais qui n'aboutit pas faute de production. Publication, dans le numéro du 25 décembre du *New York Times*, de « Auggie Wren's Christmas Story ». Le conte séduit le réalisateur Wayne Wang qui envisage de demander à Paul Auster d'écrire le scénario d'un film futur : *Smoke*. Auster quitte son poste de professeur à Princeton. Publication de *Ground Work : Selected Poems and Essays, 1970-1979*, en Grande-Bretagne (Faber & Faber). American Academy and Institute of Arts and Letters : Morton Dauwen Zabel Award (prix Morton Dauwen Zabel, décerné par l'Académie et l'Institut des arts et lettres américains). *Moon Palace* élu livre de l'année par la revue *Lire*.

1991

Wayne Wang rencontre Paul Auster, en mai, dans son studio de Park Slope. « Nous avons bavardé un moment dans son studio. Nous avons déjeuné au Jack's Deli. Nous avons acheté des Schimmelpenninck dans la boutique dont le conte s'inspire. Nous nous sommes promenés dans tout Brooklyn, et Paul m'a raconté toute une série d'histoires formidables sur la ville », confie Wayne Wang, dans sa préface à *Smoke. Moon Palace* sur la liste du PEN / Faulkner.

1992

Édition revue et augmentée de *The Art of Hunger*. Publication de *Selected Poems of René Char* (comportant des traductions de Paul Auster) et de *Selected Poems of Jacques Dupin* (sélection et traduction de Paul Auster). Publication de *Leviathan*, placé sous le signe d'une citation de Ralph Waldo Emerson et dédié à Don DeLillo.

1993

Installation dans la maison de Park Slope qu'il occupe toujours depuis cette date : « Je m'y trouve bien. Manhattan est évidemment un lieu passionnant, magnifique, mais extrêmement agressif. Tout y est placé sous le signe de la prétention, de la lutte pour l'argent, de la célébrité. À Brooklyn, les gens ne se prennent pas au sérieux. C'est sans prétention, décontracté, facile. Brooklyn est un des lieux les plus démocratiques et les plus tolérants de la planète. On y trouve un mélange culturel qui me touche. Ce mélange de langues et de cultures, ces conceptions différentes de la vie : quel plaisir ! Poussez n'importe quelle porte de restaurant, vous y verrez toutes les races, toutes les couleurs, des plats d'horizons très divers. La normalité, c'est cette perpétuelle diversité. À Manhattan, dans certains quartiers, vous ne croisez que des Blancs. Cette homogénéité est quelque chose de beaucoup moins intéressant pour moi.* » Publication de *The Red Notebook* (in *Granta*, nº 44), repris la même année chez Actes Sud. Publication en français de *Léviathan* qui obtient le prix Médicis étranger. *La Musique du hasard*, film de Philip Haas, adapté du roman de Paul Auster, sort en salles : échec relatif. Publication de *Autobiography of the Eye* (poèmes écrits dans les années 70). Participe à l'opération organisée par The Rushdie Defense Commitee USA, et publie en juillet, dans le *New York Times*, un texte repris par la suite dans *Libération* : « A Prayer for Salman Rushdie ».

1994

Participe, le 28 janvier, à une soirée organisée pour célébrer les mille jours de résistance des habitants de Sarajevo, à l'Union Square Theatre, en compagnie de Gleen Glose, Susan Sontag, Vanessa Redgrave, Christopher Reeve et de quelques autres. Parution de *Mr. Vertigo*, simultanément chez Faber & Faber, à Londres, et chez Actes Sud. La maquette de couverture est dessinée par Art Spiegelman qui fait paraître dans la collection « Neon Lit », *City of Glass*, bande dessinée adaptée du livre de Paul Auster par Paul Karasik et David Mazzucchelli. Écrit, à l'intention de Sophie Calle, le *Gotham Handbook* – « manuel d'instructions à l'usage personnel de S. C. concernant la façon d'embellir la vie à New

York (à sa demande) ». Ce « manuel » comporte quatre points : « sourire », « parler à des inconnus », « ne pas ignorer les mendiants et les sans-abri », « adopter un lieu ». Fin du tournage de *Smoke* : « Lorsque j'étais jeune, le sport constituait une partie très importante de ma vie. Dans les sports d'équipe, comme le base-ball ou le basket, se développent un certain état d'esprit et des rapports très intéressants entre les individus. Une fois adulte, j'ai appris à travailler seul durant une trentaine d'années. C'est Wayne Wang qui m'a sorti de ma chambre. En m'intégrant au sein d'une équipe de cinéma, j'ai réappris ce qu'était le travail en commun, et cela a réveillé chez moi une partie de mon être qui était un peu oubliée.* » Après ce premier film, l'équipe souhaite poursuivre l'expérience et décide de tourner *Blue in the Face* (film distribué en France sous le titre *Brooklyn Boogie*), le « compère » de *Smoke*, comme l'appelle Wayne Wang. « On a fini le tournage le jour d'Halloween. Lorsque nous avons enfin été prêts à quitter le lieu du tournage, la nuit était tombée et les rues de Brooklyn étaient pleines d'enfants déguisés. Certains d'entre eux, prenant la Brooklyn Cigar Compagny pour un vrai magasin, sont entrés pour demander des bonbons. Le magasin pouvait bien n'être qu'un décor, il y avait tout de même de vrais bonbons sur les étagères et nous avons donc rempli les sacs des gosses de chewing-gums et de tablettes de chocolat. Une bonne façon, nous semblait-il, de faire nos adieux à notre monde imaginaire, une fin parfaite pour *Brooklyn Boogie* » (Paul Auster, 29 décembre 1994). *The*

Review of Contemporary Fiction consacre son numéro de printemps à Paul Auster.

1995

Publication de *Smoke* et de *Brooklyn Boogie* aux éditions Actes Sud, en juin. Les deux textes paraissent à New York en avril, parallèlement à la sortie des deux films : *Smoke* (en juin) et *Blue in the Face*. Les éditions de l'University of Pennsylvania publient un recueil d'essais autour de Paul Auster, *Beyond the Red Notebook*, et les éditions Actes Sud, les actes d'un colloque Paul Auster qui s'était tenu à Aix-en-Provence, en juin 1994. Publication de *The Red Notebook (True Stories, Prefaces and Interviews)*, à Londres, chez Faber & Faber. Publication de la bande dessinée *Cité de verre* (Actes Sud). Décembre : sortie en France du film *Smoke*. Le *Magazine littéraire* (n° 338, décembre) consacre à Paul Auster un dossier qui connaît un grand succès. Il contient une pièce inédite en français, *Blackouts*, écrite en 1976, et qui constitue la version matricielle de *Revenants* : « Il est toujours intéressant de voir la source de quelque chose. C'est la raison pour laquelle je vous ai donné cette pièce. Mais n'oubliez pas d'indiquer la date… 1976.* » À la suite de cette publication, Paul Auster reçoit des propositions de plusieurs directeurs de théâtres américain et français.

1996

Sortie en France de *Brooklyn Boogie*. Succès mondial de *Smoke* – il obtient le prix du Meilleur

Film étranger au Danemark et en Allemagne – et de *Blue in the Face*. Publication de *Why Write ?*, chez Burning Deck. *Pourquoi écrire ?*, publié en édition hors commerce, paraît en mai aux éditions Actes Sud. Paul Auster entame la rédaction d'un essai sur l'argent (*Hand to Mouth*) dans lequel figureront ses pièces de théâtre, son projet de jeu de cartes et son roman policier écrit sous pseudonyme : « La question fondamentale est la suivante : comment gagner sa vie si l'on n'exerce pas une vraie profession ?* » Il paraît en octobre, avant l'édition américaine, sous le titre : *Le Diable par la queue*. Siri Hustvedt fait paraître à l'automne son deuxième roman : *The Enchantment of Lily Dahl*. Paul Auster est traduit en vingt et une langues. En décembre, il appelle son ami le producteur Peter Newman, pour lui dire qu'il est en train d'écrire un nouveau scénario intitulé *Lulu on the Bridge* et qu'il voudrait qu'il le produise.

1997

Publication de *Translations* (Éd. Marsilio), recueil qui reprend des traductions de Paul Auster devenues introuvables : Joseph Joubert, Stéphane Mallarmé, André Du Bouchet, Philippe Petit. Publication de *Hand to Mouth*. Le Théâtre de la Bastille envisage de monter les trois pièces de Paul Auster. Le projet de *Lulu on the Bridge* évolue. Peter Newman voudrait que Wim Wenders réalise le film et qu'il travaille avec Paul Auster de la même façon que celui-ci avait travaillé avec Wayne Wang. Le rôle de Lulu serait confié à Juliette Binoche. Effectue en janvier, avec sa fille et sa femme, un voyage à Jérusalem : « Pour beaucoup de Juifs américains, Israël reste la Terre promise. Tout ce romantisme, ce mysticisme me gênent beaucoup. Jérusalem ne ressemble à rien de connu, et ses trois mille ans d'histoire sont si présents, si palpables. Siri, norvégienne luthérienne, était très émue de constater que Jérusalem était telle que lui avaient présentée ses livres de la Sunday School. Elle a eu cette phrase très juste : Jérusalem est une ville pour tout le monde. Vous savez, j'ai longtemps résisté avant d'entreprendre ce voyage. Je suis né en 1947, un an avant la constitution de l'État d'Israël. Toute mon enfance, j'ai pensé à cette terre mythique. Aux États-Unis, le fait d'être juif vous met toujours à l'écart. Je me souviens, à l'école, nous faisions la quête pour acheter des arbres qui seraient plantés en Israël. Je savais que je m'y rendrais un jour. Il était important que ce voyage ait lieu en famille, c'est pourquoi j'ai souhaité que ma femme et ma fille m'accompagnent. J'ai découvert un pays déchiré, sans doute le plus tourmenté qu'il m'ait été donné de visiter. Une nation en crise. Le conflit principal n'oppose pas les Arabes et les Juifs, mais les Juifs entre eux : d'un côté, les religieux ; de l'autre, les laïques – et met l'existence même de cet État en danger. Mais ce voyage fut réellement très “inspirant” pour moi. J'ai été confronté à une société où les gens, justement, ne sont pas cyniques. Ils ne sont ni déprimés ni décadents. Ils existent avec passion, avec intensité, se posent les vraies questions. Ils sont tellement plus profonds ! Ils m'ont enrichi. J'ai aussi été touché de constater que, dans un pays écartelé par tant de questions politiques, sociales, morales, les livres pouvaient encore parler aux gens. Pour la première fois, dans ma vie d'écrivain, j'ai eu le sentiment que les livres pouvaient servir à quelque chose. Ce séjour m'a changé.* » Paul Auster fait partie du jury du 50e Festival de Cannes. À la question : Quelle expérience tirez-vous de votre Festival de Cannes ? Il répond : « Je n'avais aucune idée de ce qui m'attendait ! Je pensais que j'irais à Cannes voir des films en bonne compagnie et qu'entre-temps je pourrais jouir de vacances au bord de la mer. Ce fut tout le contraire. Une foule énorme, une frénésie humaine indescriptible, beaucoup de travail et de fatigue.* » Tournage de *Lulu on the Bridge* ; scénario et mise en scène de Paul Auster : « À l'origine, *Lulu on the Bridge* était un livre. Dans un premier temps, j'ai pensé que cette histoire devait être écrite pour le cinéma. Mais j'étais dans la postproduction de *Smoke* et de *Brooklyn Boogie*, les choses traînaient, et je voulais me retirer, retourner à l'écriture. Pour la première fois dans ma vie d'écrivain, j'ai trahi mon instinct : cette histoire est bonne, me suis-je dit, scénario ou roman, peu importe… Quelle erreur ! J'ai peiné sept mois sur un roman qui ne me satisfaisait pas. Trop d'éléments purement cinématographiques entraient en ligne de compte : la lumière bleue de la pierre, l'idée du film dans le film, etc. Autant d'éléments plus intéressants à voir qu'à raconter. J'ai tout arrêté. Deux ans après les premières ébauches, cette histoire était toujours là, ne me quittait pas. Je suis retourné au scénario !* »

1998

Sortie en France, en octobre, de *Lulu on the Bridge*. Les vedettes en sont Harvey Keitel, Mira Sorvino et Willem Dafoe. Il est sélectionné à Cannes dans la catégorie « Un certain regard ». Le livre paraît simultanément en France et aux États-Unis : « *Lulu on the Bridge* n'est pas un puzzle ou un message codé qu'il faudrait déchiffrer, dit Paul Auster, et j'espère que le public sera touché avant tout par les sentiments profonds et puissants qui sont au cœur de cette histoire. Pour moi, toutes les choses qu'Izzy ressent lui arrivent vraiment, mais dans une autre dimension. Je suis convaincu qu'il traverse réellement les événements qui composent l'histoire, que le rêve n'est pas une espèce de fantaisie sans fondement. Lorsqu'il meurt à la fin, c'est un homme différent de celui qu'il était au début. Il est parvenu à se racheter. Sinon, comment expliquer la présence de Celia dans la rue à la fin ? C'est comme si elle aussi avait vécu cette histoire. L'ambulance passe et même s'il est impossible qu'elle sache qui est à l'intérieur, c'est comme si elle savait. Elle ressent un lien, elle est émue, elle compatit, elle comprend que la personne qui est dans l'ambulance vient de mourir. Pour moi, c'est dans ce dernier plan que le film prend tout son sens. » Siri Hustvedt publie un recueil d'essais : *Yonder*. Sophie Calle publie, aux éditions Actes Sud, le *Gotham Handbook* (*New York, mode d'emploi* – livre VII), jeu dont Auster avait fixé les règles en 1994. À l'automne, voyage à Varsovie. Son éditeur polonais lui donne un annuaire des téléphones de Varsovie datant d'avant-guerre. Dans la liste des abonnés figure un certain Auster ! On sait que cet annuaire occupera, par la suite, une place très importante dans son futur roman *La Nuit de l'oracle*. En avril 2004, Paul Auster déclare au *Nouvel Observateur* : « C'était très émouvant, parce que le nom de beaucoup de Juifs y figurait encore, qui, après la guerre, allaient disparaître. J'ai donné à mon héros l'un des patronymes de l'annuaire, Orlowsky. Ce qui est extraordinaire, c'est qu'un journaliste polonais, qui est venu me voir en mars, m'a dit que ses grands-parents portaient ce nom d'Orlowsky. Incroyable coïncidence ! Comme si des faits inexplicables continuaient de se produire en dehors du livre. Le journaliste était si ému qu'il tremblait en me le racontant. » Arte consacre une soirée « Thema » à Paul Auster, réalisée par Gérard de Cortanze et Guy Seligmann.

1999

Publication de *Timbuktu*, chez Henry Holt, à New York. Parution en France sous le titre : *Tombouctou*. Très mal reçu par la presse parisienne. Naissance du projet *National Story Project* qui donnera plus tard le livre *I Thought my Father Was God*. En juin, alors que Paul Auster répond au micro de NPR aux questions que lui posent Daniel Zwerdling, celui-ci lui propose, au terme de l'exercice, de contribuer régulièrement à son émission en venant une fois par mois au micro pour raconter des histoires. Auster ne semble guère intéressé, mais Siri Hustvedt le convainc d'accepter : « Tu n'as pas besoin d'écrire les récits toi-même, m'a-t-elle dit. Mets les gens à la tâche, qu'ils écrivent leurs propres histoires. Qu'ils te les envoient, et ensuite tu lirais les meilleures à la radio. Si assez de gens participaient, cela pourrait donner quelque chose d'extraordinaire. » Des quatre mille récits, reçus d'octobre 1999 à fin 2000, Auster ne peut en lire que quelques-uns, à raison d'un par mois durant une vingtaine de minutes. La nécessité d'un livre se fait jour, qui rassemblera cent soixante-douze textes, ceux que Paul Auster juge les plus intéressants, qu'il ne réécrit qu'à peine et classe en thèmes : animaux, objets, famille, *slapstick*, inconnus, guerre, amour, morts, rêves, méditations. Ces « histoires vraies aux allures de fiction » donnent une saisissante image en temps réel de l'Amérique d'aujourd'hui. Publication d'*Accident Report*. Après *Le Carnet rouge* et *Le Diable par la queue*, *Accident Report* est le troisième recueil dans lequel Paul Auster rassemble des textes divers : récits, articles, préfaces. Ces écrits qui n'auraient jamais dû se rencontrer constituent une étrange mosaïque. À mesure qu'il avance dans le livre, le lecteur est happé par la cohérence de l'œuvre. C'est l'univers d'un écrivain qui lui est offert. Ceux qui le connaissent le retrouvent ; ceux qui le découvrent ont envie de se plonger dans une œuvre plus vaste. À la page 29, on peut lire cette phrase : « Le monde est dans ma tête. Mon corps est dans le monde. » Ces lignes datent de 1968. Paul Auster, qui a alors vingt et un ans, est déjà tout entier dans ce texte.

1999. Paul Auster au micro de NPR. L'émission conçue autour du *National Story Project* donnera plus tard le livre *Je pensais que mon père était Dieu.*

2000

En février, le Théâtre de la Bastille à Paris crée la pièce de Paul Auster *Laurel et Hardy vont au paradis*, dans une mise en scène de Philippe Faure et Daniel Znyk. Les deux personnages en sont Stan Laurel, un bâtisseur de mur, et Olivier Hardy, un autre bâtisseur de mur…

2001

11 septembre. Auster, du dernier étage de sa maison, voit la fumée qui envahit le ciel de la ville. Le vent entraîne vers Brooklyn des odeurs de l'incendie qui pénètrent à l'intérieur des maisons, « une odeur terrible et cuisante, mélange de plastic, de fils électriques et de matériaux de construction brûlants ». Au téléphone, il me fait part de sa tristesse, de sa douleur, et accepte d'écrire pour *Le Figaro* un texte publié le 18 septembre et dont le titre est « Notes au hasard ». Le voici, reproduit ici dans son intégralité :

Notre fille de quatorze ans entrait aujourd'hui au lycée. Pour la première fois de sa vie, elle prenait le métro de Brooklyn à Manhattan, seule.

Elle ne rentrera pas à la maison ce soir. Les métros ne fonctionnent plus à New York et ma femme et moi avons fait en sorte qu'elle reste avec des amis dans l'Upper West Side.

Moins d'une heure après qu'elle fut passé sous le World Trade Center, les tours jumelles se sont effondrées.

Depuis le dernier étage de notre maison, nous pouvons voir la fumée qui envahit le ciel de la ville. Le vent souffle vers Brooklyn aujourd'hui et les odeurs de l'incendie ont pénétré chaque pièce de la maison. Une odeur terrible et cuisante, mélange de plastic, de fils électriques et de matériaux de construction brûlants.

La sœur de ma femme, qui vit dans TriBeCa, à juste dix ou douze pâtés de maisons au nord de ce qui était avant le World Trade Center, a appelé pour nous parler des cris qu'elle a entendus après que la première tour se fut effondrée. Des amis à elle, qui vivaient dans John Street, encore plus près du site de la catastrophe, ont été évacués par la police après que la porte de leur appartement eut implosé sous l'impact. Ils ont déambulé vers le

« Le monde est dans ma tête, mon corps est dans le monde »

11 septembre 2001, les notes au hasard de Paul Auster

LE FIGARO MARDI 18 SEPTEMBRE 2001

Né à Newark (New Jersey) en 1947, Paul Auster est l'auteur d'une œuvre romanesque mondialement célèbre. Sa *Trilogie new-yorkaise* et la plupart de ses romans ont pour toile de fond Manhattan. Il nous a communiqué ce texte écrit le jour des attentats.

Paul Auster : *« Nous n'avons pas d'autres précédents pour ce qui est arrivé aujourd'hui et les conséquences de cette agression seront sans doute terribles. »* (Photo Eric Robert/Corbis Sygma.)

Notre fille de quatorze ans entrait aujourd'hui au lycée. Pour la première fois de sa vie, elle prenait le métro de Brooklyn à Manhattan, seule.

Elle ne rentrera pas à la maison ce soir. Les métros ne fonctionnent plus à New York et ma femme et moi avons fait en sorte qu'elle reste avec des amis dans l'Upper West Side.

Moins d'une heure après qu'elle fut passée sous le World Trade Center, les tours jumelles se sont effondrées.

Depuis le dernier étage de notre maison, nous pouvons voir la fumée qui envahit le ciel de la ville. Le vent souffle vers Brooklyn aujourd'hui et les odeurs de l'incendie ont pénétré chaque pièce de la maison. Une odeur terrible et cuisante mélange de plastic, de fils électriques et de matériaux de construction brûlants.

La sœur de ma femme, qui vit dans TriBeCa *, à juste dix ou douze pâtés de maisons au nord de ce qui était avant le World Trade Center, a appelé pour nous parler des cris qu'elle a entendus après que la première tour se fut effondrée. Des amis à elle, qui vivaient dans John Street, encore plus près du site de la catastrophe, ont été évacués par la police après que la porte de leur appartement eut implosé sous l'impact. Ils ont déambulé vers le nord à travers les gravats et les débris dont certains, lui ont-ils dit, contenaient des morceaux de corps humains.

Après avoir regardé les informations à la télévision toute la matinée, ma femme et moi sommes sortis dans le quartier. De nombreuses personnes tenaient des mouchoirs sur leur visage. D'autres portaient des masques d'ouvriers du bâtiment. Je me suis arrêté et j'ai parlé à mon coiffeur qui se tenait devant sa boutique vide, le visage rongé par l'angoisse. Quelques heures plus tôt, m'a-t-il dit, la femme qui tient le magasin d'objets d'art juste à côté était au téléphone avec son gendre, prisonnier dans son bureau au 107ᵉ étage du World Trade Center. Moins d'une heure après qu'elle lui eut parlé, la tour s'effondrait.

Toute la journée, en regardant les images horribles sur l'écran de télévision et la fumée à travers la fenêtre, j'ai pensé à mon ami, le funambule Philippe Petit, qui évoluait entre les tours du World Trade Center en août 1974, juste après que les travaux de construction des tours eurent été achevés. Un petit homme dansant au bord d'un vide de plusieurs centaines de mètres dans un acte d'une beauté indélébile.

Aujourd'hui, ce même endroit s'est transformé en un lieu de mort. Cela me terrifie d'imaginer combien de gens ont été tués.

« Cela me terrifie d'imaginer combien de gens ont été tués »

Nous savions tous qu'une pareille chose pouvait arriver. Nous avions évoqué l'hypothèse depuis des années, mais, maintenant que la tragédie a frappé, c'est bien pire que ce que quiconque avait pu imaginer. La dernière attaque étrangère sur le sol américain a eu lieu en 1812. Nous n'avons pas d'autres précédents pour ce qui est arrivé aujourd'hui et les conséquences de cette agression seront sans doute terribles. Davantage de violence, de mort, de douleur pour tout le monde.

Et c'est ainsi que le XXIᵉ siècle a finalement démarré.

P. A.

* Abréviation de Triangle Below Canal, quartier de Manhattan entre Soho et le Finantial District.

11 septembre 2001. « Et c'est ainsi que le XXIe siècle a finalement démarré » (« Notes au hasard »).

nord à travers les gravats et les débris dont certains, lui ont-ils dit, contenaient des morceaux de corps humains.

Après avoir regardé les informations à la télévision toute la matinée, ma femme et moi sommes sortis dans le quartier. De nombreuses personnes tenaient des mouchoirs sur leur visage. D'autres portaient des masques d'ouvriers du bâtiment. Je me suis arrêté et j'ai parlé à mon coiffeur qui se tenait devant sa boutique vide, le visage rongé par l'angoisse.

Quelques heures plus tôt, m'a-t-il dit, la femme qui tient le magasin d'objets d'art juste à côté était au téléphone avec son gendre, prisonnier dans son bureau au 107e étage du World Trade Center. Moins d'une heure après qu'elle lui eut parlé ; la tour s'effondrait.

Toute la journée, en regardant les images horribles sur l'écran de télévision et la fumée à travers la fenêtre, j'ai pensé à mon ami, le funambule Philippe Petit, qui évoluait entre les tours du World Trade Center en août 1974, juste après que les travaux de construction des tours eurent été achevés. Un petit homme dansant au bord d'un vide de plusieurs centaines de mètres dans un acte d'une beauté indélébile.

Aujourd'hui, ce même endroit s'est transformé en un lieu de mort. Cela me terrifie d'imaginer combien de gens ont été tués.

Nous savions tous qu'une pareille chose pouvait arriver. Nous avions évoqué l'hypothèse depuis des années, mais, maintenant que la tragédie a frappé, c'est bien pire que ce que quiconque avait pu imaginer. La dernière attaque étrangère sur le sol américain a eu lieu en 1812. Nous n'avons pas d'autres précédents pour ce qui est arrivé aujourd'hui et les conséquences de cette agression seront sans doute terribles. Davantage de violence, de mort, de douleur pour tout le monde. Et c'est ainsi que le XXIe siècle a finalement démarré.

Publication de *I Thought My Father was God* : « La sortie du livre a eu lieu le lendemain du 11 septembre. C'était tellement étrange. Nous sommes allés dans plusieurs villes des États-Unis pour lire certains des récits qui y figuraient. Il y avait un monde fou. Comme si tout le monde s'était senti concerné.* »

2002

Publication de *The Book of Illusions*. Avril : voyage à Buenos Aires. Le jour de son retour, en *mai*, Paul Auster apprend la mort de sa mère, « qui n'était pas quelqu'un de cultivé, mais qui était tout amour, avec elle tout était simple. Ma relation avec elle a toujours été nette, claire, chaleureuse. Il est intéressant de constater que j'ai très peu écrit, dans mes livres, sur les relations entre les mères et leurs enfants…* » Publication de *Hawthorne at Home* (Ohio State University Press, Chicago). Cette lecture de ce texte méconnu de Nathaniel Hawthorne, *Vingt jours avec Julian et le Petit Lapin, selon papa*, est tout simplement bouleversante, et rappelle combien, pour restituer pleinement l'âme de l'enfance, les mots sont préférables à la caméra vidéo.

2003

Publication de *Collected Prose* (Faber & Faber) ; et de *Three Films*, chez Picador à New York, et qui rassemble les textes de *Smoke, Brooklyn Boogie* et *Lulu on the Bridge* : « Écrivain ou cinéaste, vous racontez toujours une histoire, mais les moyens sont tellement différents que les deux expériences ne peuvent être comparées.* » Publication de *The Story of my Typewriter* (*L'Histoire de ma machine à écrire*). En juillet 1974, Paul Auster revient à New York après un long séjour en France. Alors qu'il défait ses bagages, il constate que sa vieille Hermès a rendu l'âme. Pour survivre, il rédige des catalogues de bibliophilie, écrit des articles, relie des manuscrits. Comment, dans ces conditions, s'acheter une nouvelle machine à écrire ? Un soir, un ami lui vend son Olympia portable. Depuis lors, « chacun des mots qu'il a écrits a été tapé sur cette machine ». Trente ans après, le peintre Sam Messer, en une série de croquis et de tableaux, métamorphose cet objet fétiche en un être « doué de personnalité et d'une présence au monde ». Siri Hustvedt publie son troisième roman, *What I loved*. Publication en français de *Accident Report*, sous le titre *Constat d'accident et autres textes*. Publication de *Oracle Night* (Henry Holt and Company, Ilc, New York), roman qui paraît en 2004 en français sous le titre *La Nuit de l'oracle*. On y croise notamment un collectionneur d'annuaires, un certain Ed Victory : « De toute mon œuvre, ce personnage est sans aucun doute l'un de mes préférés.* » *Paul Auster endeckt Charles Reznikoff*, anthologie de poèmes choisis et présentés par Paul Auster, paraît en Allemagne. *Le Livre des illusions* obtient le Premio de los libreros de Madrid al Libro del año 2003.

2004

Participe à des manifestations anti-George Bush, rédige des articles contre la politique américaine, et écrit le texte d'une chanson intitulée *King George Blues*, que chante sa fille Sophie, au sein du groupe américain One Ring Zero. En voici un extrait, traduit par Christine Le Bœuf : « Ô Mister Bush vous me faites bien peur / Du sommet de la tête jusqu'au petit orteil / Vous hantez les couloirs de la mort au Texas / Seuls les richards sont au parfum. Les bouffis sont à la barre / Et les maigres sont embarqués / Pour l'enfer, pour l'enfer, pour l'enfer. Ô malédiction d'une élection douteuse / Comment arrivez-vous à être si minable / Vous dites que les autres représentent le mal / Mais vous vous inclinez devant l'autel du nuisible. Les bouffis sont… Il était entendu qu'on n'agresserait pas / Nos troupes pénétrèrent en Irak / Vous détestez un dictateur nommé Saddam / Trouvez-le donc et larguez une bombe. Les bouffis sont… Ô instrument du fric et du pétrole / Vous me faites bouillir le sang / Vous piétinez les pauvres et les faites trimer / Pour deux sous, pour un sou, pour des clous. Les bouffis sont… » Publication de *Collected Poems* (The Overlook Press, New York), anthologie de textes écrits entre 1967 et 1977, et préfacée par Norman Finkelstein. Reçoit, en *avril*, à Montréal, le Grand Prix littéraire international Metropolis bleu. Fait partie des dix finalistes de l'International IMPAC Dublin Literary Award, décerné en juin en Irlande, et doté de 100 000 dollars.

Paul Auster et sa femme, la romancière Siri Hustvedt.
Ils se sont mariés en juin 1982.

Vies privées

Dans la journée d'un écrivain, il n'y a aucune aventure, aucune excitation, tout se passe à l'intérieur.

PAUL AUSTER.

UNE JOURNÉE AVEC PAUL AUSTER

C'est tellement ennuyeux à raconter, une journée dans la vie d'un écrivain… Parfois, je passe un jour entier à répondre à des lettres où à parler au téléphone… Mais de cette façon, j'ai l'impression d'accomplir mon « devoir ». En fait, oui, il n'y a rien à raconter. Dans la journée d'un écrivain, vous ne trouverez aucune aventure, aucune excitation, car tout se passe à l'intérieur. Tout est plutôt silencieux et calme. Certes, ma façon de travailler a été modifiée par la naissance de mes deux enfants, Daniel, qui a aujourd'hui vingt ans et Sophie, âgée de neuf ans. Lorsque j'étais jeune, il m'arrivait de travailler la nuit, à présent je suis plus matinal. Je me lève normalement à sept heures du matin. Je bois mon café. Je lis le journal puis, en compagnie de notre chien, Jack, je conduis ma fille à l'école. Avant de rentrer à la maison et de me mettre au travail, je fais une petite promenade de dix minutes. J'aime ce quartier de Brooklyn qu'on appelle Park Slope. On y trouve des gens de toutes nationalités et de toutes religions, une grande tolérance, et une certaine présence du passé dans ses petites maisons victoriennes. J'ai quitté Manhattan en 1980 parce que les loyers étaient trop chers. Après plusieurs appartements, nous avons trouvé cette vieille maison dans laquelle nous vivons depuis quatre ans et que nous aménageons petit à petit. J'ai longtemps écrit dans un studio situé à quelques rues de l'endroit où je vis aujourd'hui. Maintenant, je travaille chez moi. Je me sens bien dans cette maison. L'entresol était habité par des locataires qui sont partis et j'y ai installé mon bureau. La première pièce, qui donne sur la rue, est occupée par une bibliothèque, j'y range des papiers, des documents, s'y trouvent le fax et le téléphone : c'est une sorte de bureau. Dans la seconde partie, qui fait face au jardin, à l'arrière de la maison, une petite pièce très nue, dépouillée, très simple, avec une table et quelques rayonnages pour les livres. C'est là que j'écris, la plupart du temps stores baissés, depuis l'été 1996. J'écris dans ma « cave », le matin environ trois à quatre heures, toujours dans des carnets Clairefontaine, que je préfère aux feuilles volantes car le carnet est une sorte de

Paul Auster dans son bureau de Park Slope.

maison pour les mots ; toujours avec un stylo, et cela depuis ma jeunesse, car le stylo nécessite un véritable effort physique et fait, lorsqu'il touche la feuille de papier, un bruit auquel je suis très sensible. Après ces quelques heures de travail, je sors pour entamer une nouvelle promenade, non pas dans Prospect Park, tout proche, mais dans les rues avoisinantes. J'en profite pour réfléchir à ce que je viens d'écrire ou de faire, je mange un sandwich, dans un café puis reviens chez moi. Je redescends dans ma cave et retourne à ma table. J'ai beaucoup déménagé, dans ma vie et ai dû travailler dans toutes sortes de lieux. Mais celui-ci me convient parfaitement. Il est séparé du reste de la maison et rien d'autre ne s'y passe que le travail. Parfois, Jack descend me rendre visite. Il s'ennuie et veut s'assurer qu'il n'est pas seul dans la maison. Je crois que les problèmes d'écriture se présentent plutôt le matin. Souvent, je dois lutter pour trouver le mot juste, pour exprimer les choses avec le plus de précision. C'est lorsque je sors respirer un peu l'air de l'extérieur et que je marche, que je parviens à résoudre les problèmes. Je l'ai dit plusieurs fois, ce qu'on fait, en réalité, lorsqu'on marche dans une ville, c'est penser. Les pensées accompagnent la marche. Elles accomplissent, d'une certaine façon, elles aussi un voyage. Pour moi, c'est très clair, la deuxième partie de la journée, après la promenade, est souvent celle où les questions du matin trouvent une réponse. On peut donc dire que j'écris en deux temps. Je travaille entre quatre et huit heures par jour et ai besoin d'écrire tous les jours. À présent que je travaille sur mon film (*Lulu on the Bridge*), je passe des journées entières à régler des problèmes très éloignés de ceux posés par l'écriture. Alors, j'effectue des petits changements au scénario, pour écrire un peu… Le tournage n'ayant lieu qu'à l'automne, je compte cependant pouvoir retourner à mon roman. Vous voyez, je mène une vie très réglée. Je ne me couche jamais très tard, vers minuit. Siri et moi allons de temps en temps au théâtre, au cinéma, au concert, lorsque nous parvenons à régler le problème de la baby-sitter. Mais je n'aime pas trop les fêtes, le monde, je préfère sortir en compagnie de quelques amis. J'ai de moins en moins le temps de sortir, aussi ai-je souvent recours aux cassettes vidéo pour voir des films. Je regarde assez peu la télévision, essentiellement les matchs de base-ball ou de basket et parfois les actualités. Je voudrais préciser un peu ce que je vous disais au début de notre entretien :

la vie d'un écrivain n'est répétitive qu'en surface et non à l'intérieur. Au-dedans de lui, il y a chaque jour des choses nouvelles à sentir ; des expériences auxquelles il doit se mesurer. Chez lui, tout est toujours en mouvement. C'est la raison pour laquelle il est très difficile de faire un film sur un écrivain, de montrer le travail d'un écrivain au cinéma, parce qu'on ne voit pas vraiment ce qui se passe à l'intérieur de lui. On ne peut filmer que la surface et à la surface, il ne se passe rien du travail de l'écrivain. C'est un homme ou une femme assis à une table et tout se passe à l'intérieur. L'écrivain est dans le doute permanent ; cette vie menée à côté des autres me semble parfois tellement étrange. Vous savez, ce qui compte, dans l'écriture, ce n'est pas d'avoir beaucoup lu mais d'avoir beaucoup vécu et de porter au fond de soi cette volonté inébranlable d'écrire.

(*Elle*, 1997.)

Paul Auster dans sa maison de Brooklyn durant le tournage du film *Paul Auster Confidential.*

UNE JOURNÉE AVEC SIRI HUSTVEDT

Dans notre maison de Brooklyn, tout le monde se réveille à sept heures. Paul et moi buvons un café tandis que notre fille Sophie prend son petit déjeuner, avant qu'il ne l'accompagne à l'école qui n'est qu'à dix *blocks*, ce qui constitue, s'il fait beau, une promenade agréable. Seule, j'en profite pour ranger un peu la maison. Oui, je sais, je suis très maniaque, mais il m'est impossible d'écrire dans un environnement chaotique ! Je me mets au travail vers huit heures trente, et retrouve le roman dans lequel je suis plongée depuis presque trois ans et que j'ai déjà réécrit plusieurs fois. L'écriture, évidemment, est une si étrange affaire… J'ai souvent pensé qu'il serait amusant de filmer les écrivains au travail : il y a si peu à voir malgré l'intense activité intérieure. En fait, contrairement à ce que je viens de vous dire, je me retrouve très vite en train d'ouvrir et de fermer les yeux, de me balancer sur ma chaise, et de marmonner dans ma barbe. Tout compte fait, je pense qu'un tel film serait très gênant à regarder, et suis donc très heureuse que l'écriture reste un acte solitaire. Je travaille au quatrième et dernier étage de notre maison, dans une petite pièce blanche dont un mur est tapissé de livres et l'autre de photos. Assise face à la fenêtre, j'aperçois le sommet d'un arbre, deux *brownstones* et un morceau de ciel – j'aime tellement regarder le ciel lorsque je fais une pause entre deux phrases. Mon mari écrit au rez-de-chaussée. Grâce à Dieu, il y a deux étages entre nous. Ainsi, je n'entends ni ses allées et venues, ni le bruit de sa machine à écrire, et encore moins le crissement de son stylo sur la feuille de papier. Lorsque j'écris, je ne vois pas le temps passer. Après un déjeuner léger, pris à mon bureau – yaourt, pomme, sandwich, boisson –, je retravaille jusque vers deux ou trois heures de l'après-midi. Après six heures d'écriture, je me sens littéralement vidée et décide de m'arrêter. Alors, d'un bond, je me retrouve dehors et vais faire des courses pour le dîner. Ce qui veut dire, dans notre quartier de Park Slope, aller de petite boutique en petite boutique. J'ai ainsi « ma » boulangerie, un endroit où acheter les *bagels*, un épicier coréen pour les légumes et les fleurs, un boucher et un poissonnier près de l'école de ma fille. Munie de mon panier acheté à Saint-Rémy-de-Provence, ou d'un caddie à roulettes qui me donne des allures de vieille dame, et généralement accompagnée de Jack, notre chien, qui s'arrête à chaque arbre et grogne sans vergogne lorsqu'il croise d'autres de ses congénères sans se soucier de leur taille, je me promène ainsi de commerce en commerce. Lorsque je ne suis pas trop pressée, ces courses sont un merveilleux moment propre parfois à un peu de méditation. Puis je vais chercher Sophie à l'école, à sa leçon de danse, ou à celles de chant et de piano. Nous rentrons alors toutes les deux en bavardant. Un rare bonheur consiste à pouvoir préparer le dîner – j'aime couper les légumes, faire revenir de la viande, inventer une sauce pour les pâtes (mon plat préféré) – pendant que Sophie fait ses devoirs.

Mon mari reste dans ses mines de charbon jusqu'à cinq ou six heures, et n'en émerge, épuisé, que pour venir dîner. À notre table, la conversation est toujours animée : Sophie évoque ses problèmes scolaires, et je parle des lectures nécessaires à mon livre en cours, portant sur le Berlin des années 30. Quant à Paul, son sujet actuel de recherches étant Hawthorne, le fameux auteur de *La Lettre écarlate*, et sa vie privée, Nathaniel, sa femme, Sophie, et ses enfants, Una, Julian et Rose, sont presque devenus pour nous comme une seconde famille ! Après le dîner, Sophie enfin libre, monte dans sa chambre, écoute de la musique, chante, écrit, ou joue jusqu'à l'heure du coucher. Paul et moi faisons la vaisselle et continuons de parler. Sophie se couche vers neuf heures. Depuis qu'elle a deux ans, je lui fais la lecture à haute voix. C'est un des grands plaisirs de ma journée. Sophie a un grand lit, nous nous couchons l'une à côté de l'autre, et « écoutons le livre » qu'elle peut désormais lire avec moi. Actuellement, il s'agit du merveilleux *David Copperfield*. À ce stade du jour, je me sens fatiguée. Mon mari et moi parlons encore un peu et gagnons notre chambre. Le quotidien est une bénédiction : l'évoquer peut paraître ennuyeux, mais le vivre apporte tellement de satisfactions.

(*Elle*, 1998.)

La machine à écrire de Paul Auster.
New York / New York, toile de Sam Messer (2000).

Six essais pour l'écrivain

*Je n'ai jamais eu la sensation qu'un livre pouvait résoudre les problèmes. Écrire, c'est poser des questions, essayer de répondre. Mais les solutions échappent toujours. Peut-être est-ce pour cela que les écrivains continuent d'écrire.**

PAUL AUSTER.

Paul Auster dans les rues de Park Slope, non loin du studio où il écrit ses livres, sur des carnets qui sont « une sorte de maison pour les mots* ».

LA VIE D'UN ÉCRIVAIN

De quoi est faite la vie d'un écrivain ? « C'est tellement ennuyeux !, répond Paul Auster. Il n'y a aucune aventure, aucune excitation. » Égrenant les différents moments de sa journée, l'auteur de la célèbre *Trilogie new-yorkaise* révèle qu'il se lève à sept heures, boit son café, lit le journal, emmène sa fille à l'école, promène son chien Jack, descend dans « sa cave » travailler trois ou quatre heures, ressort se promener « pour réfléchir », mange un sandwich, retourne à sa machine à écrire jusqu'à six heures… Simple ? En surface, oui ; mais à l'intérieur, non : « Il y a chaque jour, des choses nouvelles à sentir ; des expériences auxquelles il doit se mesurer. Chez lui, tout est toujours en mouvement. C'est la raison pour laquelle il est très difficile de montrer le travail d'un écrivain au cinéma. On ne peut filmer que la surface, et à la surface, il ne se passe rien du travail de l'écrivain… »

En fut-il, en est-il toujours ainsi, de ce calme apparent, de ce côté lisse et répétitif ? Non, bien entendu. D'où vient l'écriture chez Paul Auster ? De quelle blessure, de quelle faille, de quel manque à combler ? Au départ, il y a l'enfance, passée entre un père, propriétaire d'un magasin de meubles et d'appareils ménagers, et une mère de douze ans plus jeune que son mari. Le petit Paul grandit dans la banlieue de Newark, à une trentaine de kilomètres au sud-ouest de New York. Il a une sœur, Janet, née trois ans après lui… Le premier drame est banal et douloureux : le divorce des parents, Auster a dix-sept ans. Le second est plus sourd et durable : l'inadaptation de Janet à la vie quotidienne. Trop fragile. Une fée parmi les monstres. « C'était une Ophélie en miniature qui semblait déjà destinée à une vie de perpétuelle lutte intérieure », dit-il, avec tellement de pudeur. Le troisième fonde l'œuvre : les rapports conflictuels entre Paul Auster et son père Samuel, dont les parents sont nés à Stanislav, en Galicie. Lorsque ce dernier meurt subitement à l'âge de soixante-sept ans, Paul Auster vient de vivre deux années éprouvantes. Son mariage se désintègre, ses manuscrits sont refusés, il vit dans son studio du 6, Varick Street à TriBeCa des moments angoissants. Pourtant, c'est là qu'il commencera la rédaction d'un texte fondamental : « Mon oncle m'a appris la mort de mon père par téléphone. J'ai eu aussitôt une certitude : je savais qu'il me faudrait écrire sur lui… J'ai commencé *L'Invention de la solitude*. »

Quoi d'autre ? Sans aucun doute l'adolescence et une large part de la vie d'adulte passées dans des moments de misère totale. Dans *Le Diable par la queue* Paul Auster évoque toutes ces années à vivre tant bien que mal de dizaines de petits boulots mal payés et aléatoires, comme celui de serveur dans un camp de vacances où il croise des « épaves, clochards des bas quartiers, hommes au passé louche ». Aujourd'hui, le succès venu, la reconnaissance, une certaine aisance matérielle, la stabilité sentimentale – Paul Auster est marié à l'écrivain Siri Hustvedt –, la paternité assumée – deux enfants : un fils, Daniel ; une fille, Sophie –, l'écrivain mondialement connu n'en continue pas moins de peupler ses livres de ratés, de déclassés, de héros flottants, perdus, d'âmes solitaires, d'épaves comme le héros de son extraordinaire *Tombouctou*, mi-homme mi-chien, dont on ne sait plus qui de l'humain ou de la bête est le miroir de l'autre.

Le succès des livres de Paul Auster s'explique avant tout par un style très pur, simple, direct, mais réside aussi en quelques thèmes forts qui touchent droit au cœur du lecteur. Lors d'une discussion avec lui à l'époque de la sortie de son film *Lulu on the Bridge*, il me disait : « Les questions fondamentales sont : comment vivre et comment être une vraie personne, bonne et digne. » La grande nouveauté de l'œuvre de Paul Auster, en cette fin de XXe siècle, où le scepticisme, l'écœurement, la déprime sont de bon ton, est de répéter au contraire haut et fort qu'il est trop facile d'être cynique, qu'on a besoin des autres pour vivre, que ce sont eux qui donnent conscience de soi, que, comme il l'écrit dans *Tombouctou* : « Nul ne peut arriver à rien dans cette vie sans quelqu'un qui croit en lui. »

Cet optimisme lucide ne repose sur aucun scepticisme dépassé, il est immédiat, premier. D'un côté Paul Auster fait du conte de fée un des éléments fondateurs de sa littérature, mais de l'autre reconnaît qu'il ne vit que pour elle, est prêt à tous les sacrifices pour mener cette œuvre sur la voie d'une vérité qui ne souffre aucune concession. Le livre, dit Paul Auster, n'est rien d'autre que la trace écrite de l'effort fourni par l'écrivain, pour échapper à ce qu'il vit, et trouver une nouvelle façon de raconter une histoire. Mais au terme du voyage, tous ces tours et détours n'aboutissent qu'à soi-même.

On a beaucoup écrit sur les mystères de Paul Auster, ses secrets, sa beauté, son charisme. Ce ne sont là que masques qui voilent la véritable personnalité de l'auteur. Hemingway est mort de trop de célébrité. Auster, hanté par cette littérature fondamentale, qui, il ne le sait que trop, ne résout aucun des problèmes de la vie, ne court pas ce risque. Son personnage médiatique le protège. Un livre, à quoi ça sert ? demande J.-M. G. Le Clézio : « À cacher les choses pour que les autres ne les trouvent pas. » Concept révélateur que Paul Auster pourrait reprendre à son compte en ajoutant, comme Catherine dans *Lulu on the Bridge* : « Nous avons tous des rêves en nous. La seule question, c'est comment on les laisse s'envoler. »

(*VSD*, 1999.)

PAUL AUSTER : L'ÉCRITURE ET LA VIE

Dans un court texte qu'il consacre à Paul Auster, Wayne Wang – le réalisateur de *Smoke* et de *Brooklyn Boogie* – raconte combien il avait rencontré en lui un « véritable artiste, passionné par les gens, la vie et l'histoire », qui, ajoute-t-il, consacre toutes ses journées « à écrire là-dessus avec constance ». Wayne Wang exprime ainsi en peu de mots ce que nombre d'articles n'ont fait qu'effleurer. Il n'y a pas de mystère Paul Auster. Tout juste quelques zones d'ombres nécessaires à un créateur qui souhaite défendre son intimité, et cela même si ses livres peuvent en effet apparaître comme une autobiographie ininterrompue, distillant ici et là les morceaux d'un puzzle qu'une lecture chronologique attentive parviendrait aisément à reconstituer. Ainsi, « raconter la trajectoire d'une vie, avec tous ses tournants et toutes ses surprises » est-il pour Paul Auster « la chose la plus intéressante ». Compte, avant tout, ce labeur toujours recommencé de l'œuvre en cours : « Il s'agit de désir et de nécessité. Il m'est impossible d'imaginer de vivre sans écrire, sans avoir quelque chose à raconter. Plus les livres s'accumulent, et plus il paraît dur d'arriver à quelques pages acceptables. Comme si, chaque jour, il fallait tout réapprendre. »

Reconnaissons que ce jeune romancier de cinquante ans, qui n'a, à ce jour, publié que dix romans – *Tombouctou* qui vient de paraître étant le dernier –, est au sommet de sa gloire ; du moins peut-on analyser ainsi, sa présence comme juré au symbolique 50e Festival de Cannes présidé, en 1997, par Isabelle Adjani… Traduits en plus de vingt langues, ses livres sont adaptés au cinéma et en bande dessinée, et, fait rarissime, édités dans deux collections de poche, en France. Ce qui frappe, c'est l'étendue très large de son public : chouchou des revues féminines, il est aux programmes de l'agrégation et du CAPES ; défendu en Espagne par la reine Sofia, ce sont les adolescents branchés qui font son succès en Allemagne.

Indépendamment des qualités indéniables de son écriture, élégante et pure, de son art maîtrisé de la narration, qui procure un réel plaisir de lecture, je vois trois raisons principales qui sont à l'origine de son succès : les thèmes abordés dans ses livres, la manière qui est la sienne de les traiter, enfin, l'image attachée à sa personne. Ce dernier masque peut d'ailleurs protéger l'écrivain, créer aussi des quiproquos, mais sans jamais rien résoudre de la question fondamentale de l'écriture : « Écrire ne résout jamais rien. L'écrivain, aux États-Unis, notamment, est dans les marges, les ombres des choses. Ce qui me convient assez bien, puisque écrire c'est tenter de réinventer, jeter des regards contraires, repenser les données de la vie. »

Ainsi, les personnages de Paul Auster apparaissent-ils toujours comme photographiés, surpris, à des moments clés de leur existence. En rupture de famille, de vie, de passion. Ils sont vacants, donc ouverts, libres et prêts à toutes les aventures. Et si les gens croisés dans ses livres semblent perdus, avec des problèmes, comme dans la vie, chacun essaie toujours de tirer de soi, et de l'autre, « dans les yeux duquel on se voit », ce qu'il a de meilleur. Souvenez-vous du film de Paul Auster, *Lulu on the Bridge*, les questions fondamentales soulevées par les deux protagonistes, Izzy et Celia, rejoignaient celles que se posent les personnages de ses romans, Peter Aaron dans *Léviathan*, Marco Stanley Fogg dans *Moon Palace*, Nashe, l'ex-pompier de Boston, dans *La Musique du hasard*, Quinn dans *Cité de verre* : « Comment vivre et comment être une vraie personne, bonne et digne ? » Les romans de Paul Auster ne sont jamais cyniques et sont remplis d'espoir : « C'est trop facile d'être cynique. Le cynisme est un réflexe de notre temps, aussi faux que le sentimentalisme béat de l'époque victorienne. » Regardez, Willy, le soulographe « pénible, bordélique et dingue », de *Tombouctou*, Mr Bones, son chien fidèle, note à son propos, philosophe : « Il y avait de bonnes choses dans son âme, et dès qu'il les laissait se manifester, on oubliait ce qu'il y avait d'autre. »

Deuxième point. Il faut relire l'œuvre de Paul Auster à la lumière des contes de fées. Tout comme chez Grimm et Andersen, Auster laisse la place à l'imagination du lecteur et n'écrit pas pour un cercle restreint de lettrés. Il fait de l'expérience humaine une quête, un ensemble de rites de passage, des épreuves à surmonter dans lesquels chacun peut se reconnaître. Au bout du chemin de sa vie, l'homme, artiste ou non, se retrouve toujours face à soi. Il peut effectuer de grands voyages et de longs détours, mais c'est toujours le même individu qui initie le départ de la vie. « Il y a comme des traits irréductibles, des empreintes génétiques », constate Paul Auster. Qui n'a pas, en effet, comme Marco Stanley Fogg, dans *Moon Palace*, dû traverser un Central Park portatif, une forêt profonde et sombre au terme de laquelle il s'est trouvé changé et prêt à une nouvelle vie ? « L'horreur de l'épreuve fortifie toujours. » Et si ces épreuves à franchir constituaient, avant tout quelque chose de très ancré chez Paul Auster, sa nature profonde ? « La façon d'être de mes personnages est très liée à ma propre intimité. Ainsi, mes livres ne font-ils rien d'autre que de raconter un morceau de moi qui se doit d'être exprimé. »

Troisième point enfin, celui de l'image liée à la personne de l'écrivain – toute de rigueur et de nécessité : « Ce qui m'intéresse avant tout, c'est la structure intérieure de l'être profond, non pas l'enveloppe extérieure mais le dedans. » On sait désormais – voir *Le Diable par la queue* – que sa « fortune », au sens classique du terme, est récente. Que notre auteur est né dans le New Jersey et qu'il est petit-fils d'émigrants juifs venus de Galicie et de Pologne. Les lecteurs avertis, qui ont lu *L'Invention de la solitude*, ont compris que Paul Auster est venu très tôt à la littérature. Dès l'âge de treize ans, il a commencé à écrire, ce qu'il appelle lui-même « des poèmes et des petits récits stupides ». Entre deux matchs de base-ball et cent petits métiers qui lui permettent de survivre – magasinier, standardiste, serveur sur un pétrolier, nègre, traducteur, professeur, etc. –, il découvre Faulkner, Hemingway, Dos Passos, Salinger, et plus tard, Montaigne, Pascal, Kafka.

Nul doute que le rapport exigeant et obsessionnel qu'il entretient avec l'écriture guide sa vie : « Dès que je commence à travailler tout ce qui m'entoure disparaît. Ce n'est plus l'espace qui compte, mais le cœur, l'esprit, la tête. Je pénètre dans le texte que je suis en train d'écrire, je m'installe à l'intérieur de la page, comme si j'avais absorbé une poudre qui m'avait rendu invisible. » Au plus profond des années sombres, alors que son premier mariage se désagrège, que ses romans sont refusés – *Cité de verre* le fut par dix-sept éditeurs ! –, que son père meurt prématurément, alors même que « les murs se referment sur lui », Paul Auster ne cède jamais. L'écriture reste sa priorité absolue. Dans sa chambre du 6, Varick Street, à l'aube de l'année 1979, au dernier étage d'un immeuble de brique rouge, entre le parking grillagé de la rue North Moore et la station de métro Franklin Street, Paul Auster passe de la poésie à la prose. C'est dans cet lieu clos qu'il écrit *Espaces blancs*, puis commence *L'Invention de la solitude* : « *That was the piece that convinced me I still had it in me to be a writer.* »

Aujourd'hui, vingt ans après, la légende est en marche, qui a créé un personnage qui n'a guère à voir avec le vrai Paul Auster, menant lui une vie familiale plutôt réglée et calme, dans une jolie maison du verdoyant quartier de Park Slope à Brooklyn. Entre son chien, Jack, inspirateur malgré lui du Mr Bones de *Tombouctou* ; sa fille, Sophie, qui chante, danse et dessine ; sa femme, l'écrivain Siri Hustvedt. Rétablissons quelques vérités… Non, Paul Auster n'est pas le plus européen des écrivains américains – il n'est que de lire les deux cents références au base-ball essaimées le long de son œuvre : « Toni Morrison, qui a lu Garcia Marquez, est-elle la plus colombienne des écrivains américains ? » Non, Paul Auster n'est pas un laudateur du hasard : « Paul Auster et le hasard… Je trouve ça très agaçant ! C'est absurde ! » Non, Paul Auster n'est pas un grand lecteur de polars et ne peuple pas ses romans de détectives privés.

La légende est dangereuse : Hemingway en est mort. Évitons les clichés. Borges en était affublé : tigres, bibliothèques, labyrinthes, millongas, etc. Il suscita même un adjectif : borgésien. Ne dira-t-on pas un jour : austérien ? « *Mon Dieu, austérien ! Auster rien à faire…* » Insistons sur un point, cependant : la présence de New York, dans l'œuvre de Paul Auster. Mais comme malgré lui. New York est là, magique et vertical. De SoHo à Morningside Heights, du Village à l'Upper East. Manhattan et Brooklyn, avec, entre les deux, le célèbre pont de onze cent quatre-vingt-deux mètres, aux arches néogothiques. Dans cette ville où l'on marche, l'œuvre de Paul Auster est une invitation à la découverte et à la méditation. C'est là qu'à l'automne 1997, il choisit de tourner *Lulu on the Bridge*, film subtil et envoûtant dont il fut le scénariste et le metteur en scène. En a-t-il pour autant délaissé la littérature ? Non. Même lorsqu'il fait du cinéma, Auster reste un romancier. Et *Tombouctou*, roman qui paraît aujourd'hui chez son éditeur habituel, nous rassure. Cette histoire de chien philosophe parti à la recherche du paradis est sans aucun doute un de ses meilleurs livres. Je terminerai sur une anecdote. J'ai demandé un jour à Paul Auster ce qu'il pensait de la phrase de Cioran : « Les sources de l'écrivain sont ses hontes. » Sa réponse fut immédiate : « Il y a tellement d'autres sources : ses peurs, ses désirs, ses souvenirs, ses amours, ses haines ; et cent autres encore. »

(*Paris Match*, 1999.)

MISTER VERTIGO

Lorsque maître Yehudi découvre Walt – un jeune orphelin de neuf ans mendiant dans les rues de Saint Louis en 1924 –, sa décision est prise. Après lui avoir lancé : « Tu ne vaux pas mieux qu'un animal, tu n'es qu'un bout de néant humain », il sait qu'il tient l'élève auquel il va apprendre à voler. Lévitation au propre ou au figuré, peu importe car, qu'est-ce qu'apprendre à voler : perdre pieds ou les garder sur terre ? Comme dans le livre de Paulo Coelho, *L'Alchimiste*, où l'on voit un jeune berger andalou partir à la recherche d'un trésor enfoui au pied des Pyramides, nous sommes en présence d'une quête, donc d'une parabole, donc de signes du destin, donc de merveilleux – nous en reparlerons… Lorsqu'au terme de sa vie, soixante-huit ans après son premier survol d'un petit étang dans le Kansas, Walt décide de se transformer en écrivain et de nous raconter ses exploits, sans doute ne fait-il rien d'autre que de nous dévoiler sa part de vérité.

Se connaître soi-même, telle est la première leçon de maître Yehudi. Le père gazé en 17, la mère prostituée assassinée par un agent de police, le maître semble tout connaître de l'élève : « Tu n'arriveras jamais à rien avec moi si tu as peur de la vérité. »

Deuxième leçon : en se connaissant soi-même, on peut toucher du doigt la vérité des autres. Enfant de la ville qui aime le jazz et le brouhaha des foules, les trolleybus et les néons, « la puanteur du whisky de contrebande suintant dans les rigoles »,

Walt se décrit lui-même comme un « loustic au pied léger, un *scatman* miniature à la langue bien pendue » : mélange haut en couleur, mais que rien ne prédispose à une acceptation de la différence aux complexités d'une Amérique bientôt touchée par la crise. « Tu vis dans la même maison qu'un Juif, un Noir et une Indienne, et plus vite tu accepteras cette idée, plus vite ton existence s'améliorera », dit maître Yehudi à Walt, tout en tentant de lui inculquer le respect. Maman Sue, l'Indienne de la tribu des Oglala, Ésope, « un authentique Éthiopien », maître Yehudi, le Juif, c'est toute l'histoire de l'Amérique qui se trouve concentrée dans les champs qui entourent Wichita, « ce Plouc-ville, cette pustule d'ennui sur une fesse nue et blanche ».

Rien n'est plus américain que ce roman : l'Amérique de la campagne et du Ku Klux Klan, des truands de Chicago et de la traversée de Charles Lindbergh ; celle des grandes étendues semi-désertiques et des profondes errances. On a trop souvent fait de Paul Auster le plus européen des auteurs américains. Sous prétexte qu'il traduit Mallarmé et Flaubert, qu'il relit Pascal et Montaigne, on a même trouvé dans son écriture un raffinement évoquant le XVIIIe français ! Insensiblement, se sont mis en place des indices qui édifient un mythe : quête du père, solitude, hasard, base-ball, découverte de l'écriture à quinze ans en lisant *Crime et châtiment*. On aime les tiroirs… Jorge Luis Borges avait déjà eu à souffrir d'un tel regard, sinon torve du moins singulièrement voilé. On nous le présenta cosmopolite, anglophone, germanophile, parlant le vieux saxon, arpentant des bibliothèques avec une canne blanche, perdant des tigres dans des labyrinthes, jouant avec le temps comme l'horloge tournant à rebours de l'hôtel de ville de l'ancien ghetto de Prague. Jean-Pierre Bernes, avec le premier tome des *Œuvres complètes* du maître en Pléiade, le rendit à son argentinité fondamentale. Puisse *Mr. Vertigo* contribuer à replacer Paul Auster dans l'histoire profonde de la littérature américaine aux côtés de ses riches ancêtres et de ses contemporains que sont Don Delillo et Russell Banks.

Comme Goytisolo qui préfère observer l'Espagne de Marrakech ou de Paris – avec une distance nécessaire –, Paul Auster habite Brooklyn pour mieux contempler New York de l'autre côté de la rivière et ainsi explorer la fin des grands mythes américains : on n'aurait pas dû marcher sur la lune, nous disait-il déjà dans *Moon Palace*. L'Amérique, Auster la traverse sans relâche. Errance urbaine dans *La Trilogie new-yorkaise*, errance fantastique dans *Le Voyage d'Anna Blume*, errance sans fin dans *La Musique du hasard*, cavalcade dans *Moon Palace,* voyage intérieur dans *Je pensais que mon père était Dieu.*

L'errance est une quête, de soi, des autres. Fasciné par une étrange solitude, une irréductible impossibilité à tuer le père blessé et en conservant toute sa vie une immense culpabilité, Walt erre dans l'épaisse forêt des contes de fées. Souvenez-vous de l'étrange et très pure première phrase du livre – « J'avais douze ans la première fois que j'ai marché sur l'eau » : elle rappelle la parole évidente de nos albums d'enfant pleins de mystères et de rituels. C'est au lecteur à combler les trous du récit, de la narration, tandis que le héros subit une foule d'épreuves dont il sort victorieux.

Avant que de marcher sur les eaux, Walt doit passer sous les fourches caudines d'une initiation qu'il vit comme une « incessante avalanche de sévices » : « Pendant un an, j'ai subi toutes les indignités qu'un homme peut connaître. J'ai été enterré, j'ai été brûlé, j'ai été mutilé, et je reste aussi collé à la terre que jamais. » Ces « sévices » sont en réalité des portes ouvertes à une richesse intérieure qui se révélera être une inquiétante image du vide. Dans *Moon Palace*, l'autre orphelin, Marco Stanley Fogg, accédant à l'âge adulte, ne découvrait pas la sagesse mais bien le vide. Ne serait-ce pas le territoire butoir des romans, aussi picaresques que symboliques, de Paul Auster ? *Revenants* enquêtait sur un autre qui est soi ; *La Chambre dérobée* mettait au jour un changement irréversible d'identité. *Mr. Vertigo* est un voyage initiatique dans les ténèbres d'un personnage qui peut être chacun d'entre nous, au sens où Walt est sans cesse menacé d'être dérobé par un autre Walt : en volant, il devient voleur de lui-même ; il dérobe et se dérobe. Les romans de Paul Auster se terminent donc souvent sur des disparitions : « Puis, il se leva pour la dernière fois » (*L'Invention de la solitude*), « Et à partir de ce moment, nous ne savons plus rien » (*Revenants*) ; *Mr. Vertigo* enfin : « Et alors, petit à petit, on s'élève »…

Roman d'apprentissage à la fin erronée – « apprendre à ne pas être soi-même » –, *Mr. Vertigo* est aussi un chant profond à l'absence. C'est elle, en effet, qui pousse Walt. Tout comme on peut penser que c'est la même absence qui contraint Auster à continuer d'écrire, à travailler dans le noir, à fomenter des livres sans solution. Sauf le premier, un polar écrit sous pseudonyme et qui obéissait aux lois du genre : *Squeeze Play*.

Plus que jamais, chez cet écrivain, les héros sont isolés au milieu d'une réalité changeante. On sait qu'il y a chez Paul Auster des contingences nécessaires au sein desquelles des personnages cherchent à donner un sens à leur vie. Dans cette pratique de l'art du labyrinthe, on pourrait appliquer à Walt, l'enfant des rues sorti de sa condition pour y retourner ensuite, ce qu'Auster fait dire à un des personnages de *Léviathan* : « Nul ne peut dire d'où vient un livre, surtout pas celui qui l'écrit. Les livres viennent de l'ignorance. »

Romancier de sa vie, le jeune Walt, en frère Grimm de lui-même, sait avant tout se raconter une (son) histoire, méditer sur l'écriture et sur la vie. Face au monde et à sa multitude d'êtres égarés qui endossent des personnalités étrangères pour se sentir exister, Walt ne parle finalement que de la permanence des êtres. Walt, l'homme volant, est un personnage immobile ou qui aspire à la pérennité. Paul Auster qui, de livre en livre, ne cesse de renouer avec la tradition du roman initiatique – ce qui n'exclut pas la violence, signe visible d'une immense angoisse : la mort de Sue et d'Ésope, celle de maître Yehudi –, a réussi, dans ce livre, le grand rapprochement d'une puissante tradition orale et de celle du conte de fées : « Je n'ai jamais écrit aussi vite », dit-il. Comme poussé par la nécessité, et à la différence d'autres livre – la déprime de Jim Nashe dans *La Musique du hasard* –, cette histoire « aérienne » ne commence pas de manière banale pour dévier ensuite dans l'incompréhensible, l'illusion, au contraire, l'Américain volant revient à soi, se retrouve en se perdant. Ce livre est un grand livre mystique. Comme saint Jean de la Croix, Walt découvre que plus les choses en soi sont claires et manifestes, plus elles sont naturellement obscures et cachées à l'âme. Plus la lumière est claire et plus elle éblouit et obscurcit la pupille du hibou. On peut lire du même auteur, et dans une excellente traduction, *Disparitions*, qui rassemble l'intégralité de l'œuvre poétique de Paul Auster : « Toute mon œuvre est d'une seule pièce, et le passage à la prose n'a été que la dernière étape d'une évolution lente et naturelle. »

(*Magazine littéraire*, 1994.)

LES VOIX DE L'AMÉRIQUE

Lors d'une émission littéraire télévisée, le meneur de jeu, évoquant *Je pensais que mon père était Dieu*, rappela qu'il s'agissait d'une anthologie composée par Paul Auster, et que ces textes n'étaient pas de lui. « Un livre signé Auster et qui n'est pas écrit par lui, je le prends », lança un des invités en ricanant, signifiant ainsi le peu de cas qu'il faisait de l'auteur de la *Trilogie new-yorkaise*. Les éditions Actes Sud, qui ont jusqu'à ce jour publié l'œuvre de Paul Auster, ne font d'ailleurs pas figurer la bibliographie de ce dernier à la fin du livre.

Reprenons l'affaire du début. En mai 1999, Paul Auster, interviewé sur la chaîne de radio NPR, se voit proposer par le présentateur une contribution régulière à son émission. La forme n'est pas définie. Peut-être une participation mensuelle durant laquelle il pourrait venir au micro raconter des histoires. Il faut dire qu'entendre Paul Auster lire un texte est une expérience extraordinaire : une langue très pure, une diction parfaite, une respiration, une intensité ; rares sont les écrivains qui savent lire à ce point. Paul Auster ne souhaite pas, dans un premier temps, accepter l'offre. C'est sa femme qui le décide : « Laisse les gens raconter leurs propres histoires. Tu liras les meilleures à la radio. » Ainsi naît le *National Story Project*.

Que nous dit Paul Auster ? Notamment ceci : « Ce qui m'intéressait le plus, c'étaient des histoires non conformes à ce que nous attendons de l'existence, des anecdotes révélatrices des forces mystérieuses et ignorées qui agissent dans nos vies, dans nos histoires de famille, dans nos esprits et nos corps, dans nos âmes. En d'autres termes, des histoires aux allures de fiction. » C'est fondamental. N'est-ce pas énoncer ici la démarche même de Paul Auster romancier que celle de cette recherche de la vérité qui dit des mensonges ? Qu'est-ce qu'écrire sinon utiliser la vie comme matière première de la fiction, et tenter par là de découvrir sur nous-mêmes et sur les autres des choses surprenantes ?

Mais le sujet même de ce *National Story Project* est aussi plus ambitieux, et rejoint un des thèmes fondamentaux de l'œuvre de Paul Auster : parler de la réalité américaine d'aujourd'hui, se donner comme tâche de décrypter les énigmes de son temps. Paul Auster est, on le sait, un écrivain intéressé par la contemporanéité : « J'espérais constituer des archives véridiques, un musée de la réalité américaine. » Plus de quatre mille textes lui ont ainsi été soumis. Certains jours, après en avoir lu jusqu'à soixante-dix, il se sentait comme vidé de toute énergie, abasourdi par tant de confidences et d'émotion. C'est exactement ce qu'on ressent à la lecture de ce livre dans lequel parle une voix étrange : celle de toute une population américaine. Musicien et ménagère, fermier et militaire, prêtre et matelot, conducteur de bus et employé du gaz, cinquante pour cent d'hommes et cinquante pour cent de femmes, de vingt à quatre-vingt-dix ans, venus des villes et des campagnes, et originaires de quarante-deux États !

Un ancien combattant du Vietnam dit à Auster : « Je n'ai jamais été parfait, mais je suis réel. » C'est le principe fondateur de ce livre inouï, inclassable, lourd de toutes les ironies, les prémonitions, les chagrins, les douleurs, les coïncidences étranges, les espoirs, les bonheurs, les rires, l'absurdité de l'Amérique d'aujourd'hui. Que nous révèlent ces récits épars, éclatés, incongrus, tragiques ? Que tout homme possède une vie intérieure avec laquelle il se bat. Que nombre d'entre nous éprouvent un curieux sentiment d'absence, sans définition adéquate du monde et de sa réalité, hors la loi et si loin du bon sens. Pourquoi ? Parce que le quotidien de l'homme est fait d'invraisemblances et d'improbabilités.

Dix grands thèmes ont été retenus dans cette tranche de vie, qui vont des animaux aux rêves, en passant par les familles, la guerre, l'amour, etc. ; et qui sont autant de curieuses missives intimes envoyées du front de nos désastres intérieurs. Dix grands thèmes qui bien évidemment évoquent le sida et l'alcoolisme, la pornographie et la réalité sociale, le racisme, « cette plaie qui nous accable depuis plus de trois cent cinquante ans », souligne Paul Auster, et cette impression durable que la différence reste l'étrange sel de la terre. De son acceptation ou de son refus naîtra un monde de joie ou de larmes. Nathaniel Hawthorne ne disait pas autre chose. Lui qui voulait saisir le caractère profond de la civilisation qui l'avait formé. Lui, dont le titre de son premier roman, *Fanshawe*, devient le personnage clef de *La Chambre dérobée*, et qui fait partie du monde tout en s'en sentant exilé. C'est le thème de *Je pensais que mon père était Dieu*, livre d'un écrivain qui choisit dans la réalité des autres les éléments constitutifs de la sienne. Un livre qui vous donne irrésistiblement envie de vous replonger dans l'œuvre de Paul Auster.

(*Magazine littéraire*, 2001.)

NOTEBOOK

Paul Auster aime le commerce des carnets, comme d'autres des livres ou des hommes. Les familiers de son œuvre savent qu'il n'écrit que dans des carnets Clairefontaine à petits carreaux ; que Quinn est toujours à l'affût des « bons carnets à spirales » ; qu'Anna Blume garde toujours avec elle le carnet bleu acheté pour Isabelle ; que du *Notebook* trouvé par Maria Turner surgit le diable ; que *Gotham Handbook* est le titre d'un manuel étrange que Paul Auster rédigea à la demande de Sophie Calle ; et qu'un de ses livres les plus singuliers, *The Red Notebook*, n'est rien d'autre que la transcription mot à mot des événements bizarres dont il fut un jour victime, confident ou témoin. « Je préfère les carnets aux feuilles volantes, tout y est contenu, rassemblé dans un même lieu. Le carnet est une sorte de maison pour les mots », me confiait Paul Auster à New York, en 1996. Rien d'étonnant donc à ce qu'un « simple carnet bleu » joue, dans son dernier roman, un rôle prépondérant.

De quoi s'agit-il ? L'écrivain Sidney Orr, après un long séjour à l'hôpital, rentre enfin chez lui. Après ces quatre mois d'apathie et de silence, il n'a pas écrit une ligne. Un jour, lors de sa promenade quotidienne, il décide de faire une nouvelle provision de matériel, et pousse la porte de la *Paper Palace*, papeterie tenue par un Chinois étrange. Là, parmi les alignements de stylos et de crayons neufs, les piles de cahiers, de blocs et de classeurs, il tombe sur un petit carnet en provenance du Portugal. La couverture cartonnée, les pages quadrillées, le beau papier couché, tout lui plaît. Sans hésiter, il achète cet objet qui lui semble si robuste, si commode, si familier…

Comme toujours, chez Paul Auster, l'anodin est source d'inattendu. On se souvient, dans *Cité de verre*, du personnage de Quinn, dont la vie va être bouleversée parce qu'une voix au téléphone le prend pour le détective de l'agence Auster, ou de la découverte inopinée des statuettes de Stone et de Flower, qui va, dans *La Musique du hasard*, changer du tout au tout une partie de poker décisive dans la vie de Nashe et de Pozzi. « Le monde, dit Paul Auster, est régi par le hasard. Des événements fortuits nous guettent à chaque jour de nos vies, et ces vies peuvent nous être ôtées à tout moment – sans la moindre raison. »

La découverte de ce carnet bleu est un de ces « événements fortuits ». À peine rentré chez lui, Sidney Orr s'enferme dans son bureau, ouvre le carnet, et recommence à écrire. Se souvenant du personnage de Flitcraft qui, dans *Le Faucon maltais*, quitte précipitamment la table où il est en train de déjeuner, se rend dans une autre ville et recommence une autre vie, Sidney Orr créé le personnage de Nick Bowen. Directeur littéraire renommé, ce dernier échappe de peu à la mort alors qu'il tient serré dans sa serviette le manuscrit de *La Nuit de l'oracle*. Ce sursis étrange accordé par la vie le bouleverse à tel point que convaincu qu'il devrait être mort, il décide de passer « à autre chose ». Il monte dans un taxi, prend un avion à la Guardia et s'envole pour Kansas City.

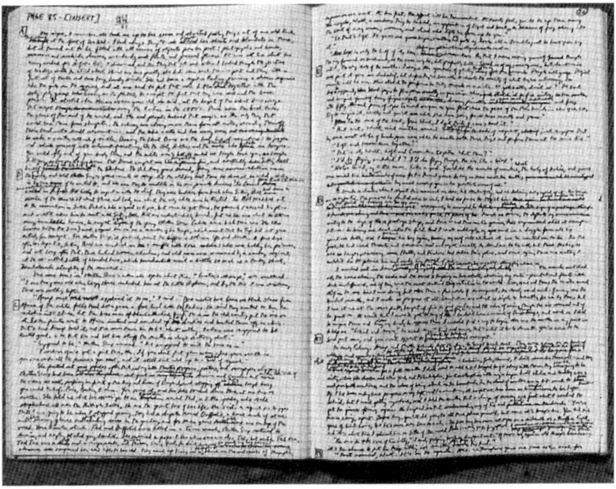

Page manuscrite de *Moon Palace*. Auster écrit toujours dans des cahiers Clairefontaine à petits carreaux… « Plus tard dans la journée, il revient dans sa chambre. Il prend une nouvelle feuille de papier et la pose sur la table devant lui. Il écrit jusqu'à ce que la page entière soit couverte de mots » (*Le Livre de la mémoire*).

Inutile de préciser que dans ce jeu de miroirs Nick et Sidney ne forment qu'une seule et même personne. « Un pas dans un livre ou un pas dans la vie, m'a aussi dit Paul Auster, c'est la même chose. » *La Nuit de l'oracle* est un livre majeur dans lequel le temps apparaît comme un phénomène de perspectives étrange, une éternité que l'homme ne cesse de vouloir plier à sa mesure sans y parvenir. Nous pourrions avancer qu'il existe deux sortes d'écrivains, ceux qui pensent que les livres ne servent qu'à cacher des secrets, et ceux qui affirment que la littérature touche à la vérité par une série ininterrompue de mensonges. Paul Auster n'appartient ni à l'un ni à l'autre camp, mais est de ceux qui croient que la littérature relève plus de la mémoire que de l'invention. Sidney Orr et Nick Bowen se mettent à deux pour nous confier leur secret. Le pays imaginaire de l'écriture, c'est-à-dire cette contrée éloignée qui permet à nombre d'écrivains de se sentir plus libres avec leur création, ce lieu invisible qui relie la réalité et la fiction, n'est rien d'autre que le réel « haussé » d'un ton.

(*Magazine littéraire*, 2004.)

SMOKE IN BROOKLYN

Ému aux larmes et pris de fou rire à la lecture du « Conte de Noël d'Auggie Wren » publié dans le *New York Times*, le cinéaste Wayne Wang décide, un soir de décembre 1990, d'en contacter l'auteur. Il ne le connaît pas et souhaite le persuader d'écrire un scénario de cette histoire « de vérité et de mensonges, de générosité et de vol ». Cela ressemble aux premières pages d'un livre de Paul Auster, ce qui n'a rien d'étonnant puisque c'était effectivement l'auteur du conte. Séduit par la proposition, puis par l'expérience du tournage de *Smoke*, Auster improvise, en deux fois trois jours, avec les mêmes acteurs et le même metteur en scène, un deuxième film, *Brooklyn Boogie*, dont le titre anglais, *Blue in the Face*, suggère un état limite de tension nerveuse…

Les inconditionnels du plus américain des auteurs américains se perdront avec délice dans les pages de ces deux scénarios, augmentées de notes et de feuilles arrachées à un journal de tournage qui prolongent à merveille l'univers d'imposture et de fidélité, de solitude et de blessures toujours ouvertes, du maître de Park Slope.

Ce livre étrange nous fait pénétrer dans l'intimité de Paul Auster par une drôle de porte. Écrits pour moitié dans son studio de Brooklyn et « sur le siège arrière d'une voiture roulant dans les embouteillages du centre-ville », ces scénarios nous rappellent aussi que Paul Auster avait rédigé, alors qu'il était âgé de vingt ans, des synopsis de films muets et qu'il avait échoué au concours d'entrée de l'IDHEC. Bénéficiant d'une distribution étonnante – Lou Reed, Harvey Keitel, Giancarlo Esposito, Jim Jarmusch, Madonna –, ces romans

Paul Auster et Gérard de Cortanze au Shea Stadium à Brooklyn, stade de l'équipe de base-ball des Mets. « Mon intérêt pour le base-ball va bien au-delà d'un simple attachement nostalgique à ma jeunesse. Je crois que le base-ball, c'est un peu ma manière à moi de pénétrer dans le monde, de participer à quelque chose, avec les autres.* »

de cinéma, sorte d'« hommes et de femmes au bord de la crise d'existence », sont un bel hommage à son quartier fétiche, situé à quelques encablures du pont de Brooklyn et de sa passerelle surélevée, considérée par Walt Whitman comme « le meilleur des remèdes » pour l'âme ; là où Stillman – dans *Cité de verre* – se suicide « et meurt avant même de toucher l'eau » ; là enfin, où Paul Benjamin – l'écrivain, joué par William Hurt dans *Smoke* – vient acheter ses *Schimmelpenninck small cigars*, à l'angle de la Court Street.

L'univers de *Cité de verre*, un Manhattan bruyant et violent, est très éloigné de la nonchalance bigarrée qui sied si bien à Brooklyn. L'East River franchi, et le pont reliant deux mondes que tout oppose aidant, il n'est pas étonnant que le personnage de Quinn – écrivain de romans policiers devenant le détective Paul Auster grâce à une certaine méprise – ait poussé Paul Karasik et David Mazzucchelli à donner du premier roman de la *Trilogie new-yorkaise* une version *graphic mystery*. Si l'on peut regretter qu'un trait noir et blanc à l'âpreté sans faille fasse pencher le récit du côté du thriller métaphysique dont Paul Auster se soucie comme de son premier gant SSK de baseball, on retrouve, malgré tout, ce qui la rend passionnante, la trajectoire de ses personnages : passer d'une vie banale à une existence extraordinaire grâce à une logique nouvelle aussi soudaine que perturbante. « La femme et l'enfant de Quinn sont morts. Il a perdu tous liens avec une vie normale. Il est comme "vidé". Aussi, lorsqu'il reçoit le coup

Affiche du film *Lulu on the Bridge*. « Roman et film ne sont guère éloignés l'un de l'autre. Le désir fondamental reste le même : raconter une histoire. L'utilisation, par le metteur en scène, de la lumière, des acteurs, des scènes, crée une sorte de syntaxe.* »

de téléphone, répond-il sans hésiter. Cette vacuité le rend disponible et l'histoire peut commencer. » *It was a wrong number that started it…*

La critique aime affubler les grands auteurs de thèmes récurrents destinés à les glisser dans des tiroirs commodes. Certains vont jusqu'à susciter des adjectifs – on dit « borgésien » ou « kafkaïen ». « Austérien » guette Paul Auster, qui répond en éclatant de rire : « Mon Dieu, "austérien" ! Auster rien à faire. » Les numéros spéciaux de revues et les colloques font partie des signes extérieurs de reconnaissance… Celui qui s'est tenu à l'Université d'Aix-en-Provence, en juin 1994, évite les pièges propres à cet exercice. Sous la direction d'Annick Duperray, se sont succédé une série de communications destinées à éclairer certains pans d'une œuvre traduite en vingt et une langues. Édité par Actes Sud, ce livre collectif permet une approche passionnante d'un auteur, qui nous déclarait en octobre dernier : « Si on connaissait toutes les réponses, pourquoi entreprendre cette longue aventure, cet interminable voyage que représente un livre ? On trouve des réponses chaque jour ; chaque jour on découvre des précipices. »

(*Magazine littéraire*, 1995.)

Bibliographie

Unearth (poèmes), trad. Philippe Denis, Éd. Maeght, collection « Argile », 1980.
Espaces blancs (poèmes), trad. Françoise de Laroque, Éd. Unes, 1985 (édition bilingue).
Effigies (poèmes), trad. Emmanuel Hocquard, Éd. Unes, 1987.
Cité de verre (roman), trad. Pierre Furlan, Actes Sud, 1987 ; Le Livre de Poche, 1994.
Murales (poèmes), trad. Danièle Robert, Éd. Unes, 1987.
Revenants (roman), trad. Pierre Furlan, Actes Sud, 1988 ; Le Livre de Poche, 1994.
La Chambre dérobée (roman), trad. Pierre Furlan, Actes Sud, 1988 ; Le Livre de Poche, 1994.
Dans la tourmente (poèmes), trad. Danièle Robert, Éd. Unes, 1988.
Fragments du froid (poèmes), trad. Danièle Robert, Éd. Unes, 1988.
L'Invention de la solitude (roman), trad. Christine Le Bœuf, Actes Sud, 1988 ; Babel, 1993 ; avec une lecture de Pascal Bruckner, Le Livre de Poche, 1995.
Le Voyage d'Anna Blume (roman), trad. Patrick Ferragut, Actes Sud, 1989 ; Babel, 1993 ; avec une lecture de Paul Grimal, Le Livre de Poche, 1995.
Moon Palace (roman), trad. Christine Le Bœuf, Actes Sud, 1990 ; Babel, 1993 ; Le Livre de Poche, 1995.
Trilogie new-yorkaise (romans), réunit *Cité de verre, Revenants, La Chambre dérobée*, Babel, 1991, préface de Jean Frémon, postface de Marc Chénetier.
La Musique du hasard (roman), trad. Christine Le Bœuf, Actes Sud, 1991 ; Éditions Corps 16, 1992 ; Babel, 1993 ; Le Livre de Poche, 1995.
Le Conte de Noël d'Auggie Wren (récit), trad. Christine Le Bœuf, Actes Sud, 1990 (hors commerce) ; Actes Sud, 1991 ; repris dans *Smoke*, 1995.
L'Art de la faim, suivi de *Conversations avec Paul Auster* (essais), trad. Christine Le Bœuf, Actes Sud, 1992 ; Babel, 1995.
Le Carnet rouge (récits), trad. Christine Le Bœuf, Actes Sud, 1993 ; Babel, 1995.
Léviathan (roman), trad. Christine Le Bœuf, Actes Sud, 1993 ; Babel, 1993 ; Le Livre de Poche, 1996.

Disparitions (poèmes), trad. Danièle Robert. Comprend : *Rayons, Nonterre, Murales, Disparitions, Fragments du froids, Dans la tourmente,* préface de Jacques Dupin, Actes Sud et Unes, 1994.

Mr. Vertigo (roman), trad. Christine Le Bœuf, Actes Sud, 1994 ; Babel, 1995.

Smoke suivi du *Conte de Noël d'Auggie Wren* et de *Brooklyn Boogie*, trad. Christine Le Bœuf et Marie-Catherine Vacher, Actes Sud, 1995.

Cité de verre, bande dessinée adaptée du livre de Paul Auster par Paul Karasik et David Mazzuchelli, version française de Christine Le Bœuf d'après la traduction de Pierre Furlan, Actes Sud, 1995.

Blackouts (théâtre ; pièce écrite en 1976), *Magazine littéraire* n° 338, décembre 1995.

Pourquoi écrire ? (récits), trad. Christine Le Bœuf, Actes Sud, 1996 hors commerce).

Œuvres romanesques complètes, t. I (*L'Invention de la solitude, Le Voyage d'Anna Blume, Moon Palace, La Musique du hasard, Léviathan, Smoke, Le Conte de Noël d'Auggie Wren, Brooklyn Boogie*), Actes Sud, « Thesaurus », 1996.

Fausse balle (roman) (sous le pseudonyme Paul Benjamin), trad. Lili Sztajn, Gallimard, 1992 ; repris dans *Le Diable par la queue*.

Le Diable par la queue, suivi de *Laurel et Hardy vont au paradis, Blackouts, Cache-cache, Action baseball, Fausse balle*, trad. Christine Le Bœuf, Remy Lambrechts et Lili Sztajn, Actes Sud, 1996 ; Babel n° 379.

La Solitude du labyrinthe (entretien avec Gérard de Cortanze), Actes Sud, 1997 ; Nouv. éd. revue et augmentée, Babel, 2004.

Lulu on the Bridge (scénario), trad. Christine Le Bœuf, Actes Sud, 1998.

Tombouctou (roman), trad. Christine Le Bœuf, Actes Sud, 1999 ; Babel n° 460.

Œuvres romanesques complètes, t. II (*Trilogie new-yorkaise, Espaces blancs, Le Carnet rouge, Pourquoi écrire ?, Disparitions, L'Art de la faim*), Actes Sud, « Thesaurus », 1999.

Je pensais que mon père était Dieu (récits), Actes Sud, 2001 ; Le Livre de Poche, 2004.

Laurel et Hardy vont au paradis suivi de *Blackouts* et de *Cache-cache* (théâtre), trad. Christine Le Bœuf, Actes Sud-Papiers, 2000.

Le Livre des illusions (roman), trad. Christine Le Bœuf, Actes Sud, 2002 ; Le Livre de Poche, 2004.

Constat d'accident (essais), trad. Christine Le Bœuf, Actes Sud, 2003.

« Hawthorne en famille » (trad. Christine Le Bœuf), préface au livre de Nathaniel Hawthorne *Vingt jours avec Julian et Petit Lapin, selon papa*, Actes Sud, 2003.

L'Histoire de ma machine à écrire (avec des dessins et des peintures de Sam Messer), trad. Christine Le Bœuf, Actes Sud, 2003.
La Nuit de l'oracle (roman), trad. Christine Le Bœuf, Actes Sud, 2004.

Sur Paul Auster

The Review of Contemporary Fiction (collectif), Spring 1994, vol. XIV, n° 1, Illinois State University.
Paul Auster : a comprehensive bibliographic checklist of published works 1969-1993, introduction de Robert Hughes, compilation et édition William Drenttel. Trade & Limited Editions, 1994.
L'Œuvre de Paul Auster, actes du colloque tenu à l'Université d'Aix-en-Provence (1994), Actes Sud, 1995.
Beyond the Red Notebook, « essays on Paul Auster », sous la direction de Dennis Barone, University of Pennsylvania Press, 1995.
« Paul Auster, de la *Trilogie new-yorkaise à Smoke* » (collectif), *Magazine littéraire*, n° 338, décembre 1995.
Gérard de Cortanze, *La soledad del laberinto*, suivi d'un entretien avec Paul Auster, Editorial Anagrama, 1996.
Gérard de Cortanze, *Le New York de Paul Auster*, Éd. du Chêne, 1996.
Paul Auster's New York, préface de Luc Sante, avec des photographies de Frieder Blickle, New York, Henry Holt and Company, 1997.
Gérard de Cortanze, *La Solitude du labyrinthe*, entretiens avec Paul Auster, Actes Sud, 1997.
Torfi H. Tulinius, *Séritt Paul Auster (Bjartur og frù Emilia)*, Islande, 1997.
Gérard de Cortanze, *Una menzogna quasi vera, conversazioni con Paul Auster*, Minimum fax, 1998.
Berud Herzogenroth, *An Art of Desire : Reading Paul Auster*. Rodopi, 1999, (Amsterdam et Atlanta).
Gérard de Cortanze und Paul Auster, *Die Einsamkeit des Labyrinths*, Rowohlt Taschenbuch Verlag, 1999.
Pablo Martinez Rosado, *La Sombra de Auster*, Madrid, 2000.
François Gavillon, *Paul Auster : Gravité et légèreté de l'écriture*, Interférences, 2000.
Carsten Springer, *Crises : The Works of Paul Auster*, Peter Lang Publisher, 2000.
Carsten Springer, *A Paul Auster Sourcebook*, Peter Lang Publisher, 2001.
Aliki Varvogli, *The World that is the Book,* Liverpoool University Press, 2001.
Clara Sarmento, *As palavras a Pàgina e o Livro : A contruçao literaria na obra de Paul Auster*, Ulmeiro ed., 2001.

Paul Marten et Robert Erni, *Paul Auster : Moon Palace. Teacher's Book*, Verlag Moritz Diesterweg (publié en Allemagne mais écrit en anglais), 2001.
Ilana Shiloh, *Paul Auster and Postmodern Ouest*, Peter Lang Publisher, 2002.
Annick Duperray, *Paul Auster*, Belin, 2003.

Remerciements

Je remercie Paul Auster pour son aide chaleureuse et ses encouragements, ainsi que Siri Hustvedt en son jardin de Park Slope.

Je remercie celles et ceux qui m'ont aidé dans la réalisation de cet ouvrage : Jean-Jacques Brochier et le *Magazine littéraire* ; Chantal Bruel et sa foliothèque ; Eleanor et Michel pour leurs précieux conseils, et Patricia, mon Américaine de Paris.

Je remercie aussi ceux qui, volontairement ou non, m'ont accompagné dans mes errances austériennes : Louise Bourgeois, qui m'a parlé de New York et de l'enfance ; Martin, le philosophe de l'amour conjugal, qui m'a fait passer le pont de Brooklyn dans son taxi ; Jack, le chien amateur de café ; le Red Dog de SoHo ; Lone Ranger et Tonto ; Blakelock et son *Clair de lune* ; les éperviers de la 72e rue est ; Willy Mays des Giants et la balle des Mets ; Stillman, l'archéologue ; Effing, l'aveugle ; Quinn, Fogg, Peter, Ben, Bleu, Klein, Kitty Wu et son T-shirt, Anna, Auggie et les autres ; le harpon des Algonquins enfin, lancé dans Broadway, ancien sentier indien qui, échappant à la logique terrifiante du quadrillage new-yorkais, traverse le temps et retrouve l'originel *manahactanienk*…

Crédits photos

Page 9 : archives Paul Auster (photo prise par Daniel Auster). Pages 10-11 : D. R. Page 15 : Art Publishers. Pages 20-21 : © Roger-Viollet. Pages 24-25 : © Bettmann / Corbis. Page 28 : archives Paul Auster. Page 33 : illustration de Patricia Reznikov. Page 41 : Gérard de Cortanze. Page 45 : Gérard de Cortanze. Page 51 : © Laurence Manning / Corbis. Page 55 : illustration de Patricia Reznikov. Page 63 : © Avon Books, 1994, Bob Callahan Studios. Page 64 : Prod DB © IRS Media / D. R. Page 66 : Gérard de Cortanze. Page 68 : D. R. Page 69 : Gérard de Cortanze. Page 81 : © Avon Books, 1994, Bob Callahan Studios. Page 83 : archives Paul Auster. Page 85 : © SIPA / AP. Page 88 : archives Paul Auster. Pages 90-91 : © Bettmann / Corbis. Page 95 : Frank Leslie's, Illustrated Newspaper, 26 mai 1883. Page 97 : Lluis Real / Age / Hoa-Qui. Page 102 : Guy Seligman. Page 107 : The Brooklyn Museum. Page 110 : archives Paul Auster (photo prise par Greg Johnson). Page 112 : archives Paul Auster (photo prise par Daniel Auster). Page 117 : Black Sparrow Press. Page 123 : D. R. Page 133 : illustration de Patricia Reznikov. Page 137 : Gérard de Cortanze. Page 139 : archives Paul Auster (photo prise par Daniel Auster). Page 140 : archives Paul Auster (photo prise par Daniel Auster). Page 142 : archives Paul Auster. Page 144 : archives Paul Auster. Page 147 : archives Paul Auster. Page 149 : © Bettmann / Corbis. Page 151 : archives Paul Auster. Page 153 : archives Paul Auster. Page 157 : Gérard de Cortanze. Page 178 : © Gallimard coll. « Série Noire », 1992. Page 185 : Gérard de Cortanze. Page 197 : © photo de Alan Chin, *The New York Times*, 7 novembre 2001. Page 199 : © *Le Figaro*, mardi 18 septembre 2001. Pages 200-201 : © Najlah Feanny / Rea. Page 206 : Arturo Patten, Roma. Page 209 : archives Paul Auster (photo prise par Daniel Auster). Page 211 : Guy Seligman. Page 215 : Art Publishers. Page 217 : archives Paul Auster (photo prise par Daniel Auster). Page 239 : archives Paul Auster. Page 241 : Guy Seligman. Page 243 : D. R.

Table

Du même auteur

Romans

Le Livre de la morte, Aubier-Montaigne, 1980.
Les enfants s'ennuient le dimanche, Hachette, 1985 ; Actes Sud, coll. « Babel », 1999.
Giuliana, Belfond, 1986 ; Le Livre de Poche, 1987 ; Actes Sud, coll. « Babel », 1998.
Elle demande si c'est encore la nuit, Belfond, 1988.
L'Amour dans la ville, Albin Michel, 1993 ; Le Livre de Poche, 1996.
L'Ange de mer, Flammarion, 1995.
Les Vice-Rois, Actes Sud, 1998 (Prix de la Ville de Blois 1999 ; Prix Baie-des-Anges 1999) ; Actes Sud, 2000 ; J'ai lu 2002.
Cyclone, Actes Sud, coll. « Babel », 2002.
Assam, Albin Michel, 2002 (prix Renaudot 2002) ; Le Livre de Poche, 2004.
Banditi, Albin Michel, 2004.

Essais

Le Surréalisme, MA éditions, 1985 ; réédition augmentée : *Le monde du surréalisme*, Veyrier, 1991.
La Mémoire de Borges, Dominique Bedou, 1987.
Le Baroque, MA éditions, 1987 ; réédition augmentée : *Promenades baroques*, Éd. l'Arsenal, 1995.
Antonio Saura, l'exil biographique, La Différence, 1990.
Tobiasse, ou le Patient labyrinthe des formes, La Différence, 1992.
Españas y Américas, La Différence, 1994.
Antonio Saura, La Différence, 1994.
Ateliers d'artistes, Le Chêne, 1994.
Dossier Paul Auster, Anagrama, 1996.
Le New York de Paul Auster, Le Chêne, 1996.
La Solitude du labyrinthe, Entretiens avec Paul Auster, Actes Sud, 1997.
Le Madrid de Jorge Semprun, Le Chêne, 1997.
Hemingway à Cuba, Le Chêne, 1997 ; Gallimard, coll. « Folio », 2002.
Zao Wou-ki, La Différence, 1998.
Jean-Marie Gustave Le Clézio : le nomade immobile, Le Chêne, 1999 ; Gallimard, coll. « Folio », 2002.
L'Acier sauvage (avec des photos d'Hélène Moulonguet), Actes Sud, 2000.
Philippe Sollers ou la Volonté de bonheur, roman, Le Chêne, 2001.
Une chambre à Turin, Éd. du Rocher 2001 (prix Cazes-Lipp 2002) ; Gallimard, coll. « Folio », 2002.

Jorge Semprun, l'écriture de la vie, Gallimard coll. « Folio », 2004.
Paul Auster's New York, Le Livre de Poche, 2004.

Poésie

Au seuil : la fêlure, PJO, 1974.
Altérations, Éd. de l'Atelier, 1973.
U. Cenote, Alain Anseuw éditeur, 1980.
Los Angelitos, Richard Sébastian imprimeur, 1980.
La Muerte solar, Pre-textos, 1985.
Jours dans l'échancrure de la nuque, La Différence, 1988.
La Porte de Cordoue, La Différence, 1989.
Le Mouvement des choses, La Différence, 1999 (prix SGDL-Charles Vildrac 1999).

Anthologies

Huidobro / Altazor / Manifestes, Champ Libre, 1976.
America libre, Seghers, 1976.
Une anthologie de la poésie latino-américaine, Publisud, 1983.
Littératures espagnoles contemporaines, Éd. de l'Université libre de Bruxelles, 1985.
Cent ans de littérature espagnole, La Différence, 1990.

Théâtre

Le temps revient, L'Avant-Scène, 2002.

IMPRIMÉ EN ESPAGNE PAR GRAFICAS ESTELLA
Madrid
Édition 1. Dépôt légal éditeur : 49842-09 / 2004
LIBRAIRIE GÉNÉRALE FRANÇAISE 31, RUE DE FLEURUS - 75006 PARIS.
ISBN : 2-27024-8874-9
31/0093/0